Memo Anjel

Mindeles Liebe

Memo Anjel

MINDELES LIEBE

Ein jüdischer Roman
aus Medellín

Aus dem Spanischen von
Hanna Grzimek

Rotpunktverlag

Die Originalausgabe erschien 2007 unter dem Titel *Míndele 1955* in der Schriftenreihe der Cámara de Comercio de Medellín para Antioquia.

www.rotpunktverlag.ch

Umschlaggestaltung: Christian Egli, Typefact, Zürich
Druck und Bindung: fgb • freiburger graphische betriebe • www.fgb.de
ISBN 978-3-85869-387-7
1. Auflage 2009

Für dich, die ich in Paris suchte, wohl wissend,
dass du nicht da sein würdest.

Mindele ist jiddisch und bedeutet Püppchen.
Von einem Püppchen könnte auch dieser Roman handeln.
Alles hängt davon ab, wie es der Zufall will.
Meine Figuren machen, was sie wollen,
und ich bin nur ihr Zeuge.

Das ist es, was ich schreibe.

I

Zwei Dinge waren uns immer ein Rätsel gewesen: Wie man richtig zur karibischen Musik tanzt, so eng an den Partner geschmiegt, und was es mit dem »Heiraten aus Liebe« auf sich hat.

Fürs Tanzen konnten wir uns sowieso nicht begeistern, denn wir waren alle schrecklich schüchtern. Obwohl wir uns auf Hochzeiten und anderen Festen, bei denen die bekannten Lieder gespielt wurden, ein wenig darin übten, klappte es am Ende nie, und wir mussten stets über uns selbst lachen. Mit G-ttes Hilfe bewegten wir uns irgendwie, krampfhaft bemüht, dem Partner nicht auf die Füße zu treten, doch dieser besondere Schwung in den Hüften, von dem immer geredet wird, blieb uns fremd; uns taten höchstens die Gelenke weh, wenn wir dem Rhythmus zu folgen versuchten oder gar eine Drehung wagten, also wagten wir die gar nicht erst, sondern hielten uns lieber an unserem Partner fest, um nicht auf die Nase zu fallen. Kurzum, wir waren miserable Tänzer. Es lag uns nun mal nicht im Blut, und nicht einmal Onkel Chaim tauchte in seinen märchenhaften Geschichten als großer Tänzer auf, was er getrost hätte tun können, weil wir alles glaubten, was er uns erzählte. Sich nach dieser Musik zu bewegen, grenzte für uns also an ein Wunder. Meine Schwester Victoria meinte, uns fehle ein Muskel, deswegen seien wir so steif. Und tatsächlich waren unsere Beine und Hüften hoffnungslose Fälle; sie waren wie aus Bronze. Daher schien uns die Theorie von dem fehlenden Muskel einleuchtend, und wir stimmten ihr dankbar zu.

Und über Liebesheiraten, bei denen die Brautleute also ineinander verliebt sein sollten wie in einem Roman und wie es in der nichtjüdischen Welt um uns herum, wie wir wussten, vorkam, über so was wurde bei uns am Tisch nie gesprochen. Den Ausdruck »aus Liebe heiraten« gab es einfach nicht und kam somit in unseren Gesprächen gar nicht vor, nicht einmal als Tante Lia verkündete, nach London ziehen zu wollen, um dort ein weiteres Mal zu heiraten. Von ihren Plänen sprach Tante Lia ein-, zweimal, als sie zum Kaffee bei uns war; sie wolle jemanden heiraten, der klug, zuverlässig und hoffentlich noch jung sei, sagte sie, und während meine Schwestern ins Schwärmen gerieten, hantierte meine Mutter lautstark mit den Löffeln oder hustete heftig, damit wir die Tante nicht verstehen konnten.

Heiraten war dazu gut, eine Familie zu gründen, Kinder in die Welt zu setzen und sich zu streiten – »um sich lebendig zu fühlen«, wie mein Vater sagte, und meine Mutter drückte ihm zärtlich die Schulter. Die beiden liebten einander, aber wir konnten uns nicht vorstellen, dass sie jemals kopflos verliebt gewesen wären oder sich mit kuriosen Metaphern und Vergleichen gegenseitig in den Himmel gehoben hätten. Liebe, das wussten wir, war ein seltsames Wort, eine Art poetischer Wahnsinn, ein Fieber, weiter nichts. Und wenn es auch vorkommen konnte, dass ein Jude in der Synagoge davon erzählte, seine Tochter habe sich in einen Hörspielhelden oder in einen Sänger aus einer Illustrierten verliebt, dann hieß es: »Das geht vorbei, so was geschieht, wenn die weißen und die roten Blutkörperchen noch nicht ganz im Gleichgewicht sind.« So etwas wie tiefe Liebe, Leidenschaft, war bisher an unserem Haus vorübergegangen wie der Würgeengel von Ägypten: ohne es anzutasten. Doch das Leben besteht aus Zufällen, und der Dämon der Verwirrung wütet dort, wo man es am wenigsten erwartet.

2

Mindele heiratete Reuvén Toledo Ende Juni 1955, nach Schawuot, wenn es tagsüber heiß ist und man es nicht an den Bronchien haben sollte, denn die Luft ist feucht. Man dürfe abends nicht aus dem Haus gehen, ohne sich etwas überzuziehen, hatte uns meine Großmutter mütterlicherseits eingeschärft, und es klang eher wie ein Befehl als wie ein Rat. Jedenfalls war es ein perfekter Tag für eine Hochzeit: einer dieser Tage, die ideal waren, um aufs Meer hinauszufahren oder abends den Sternenhimmel zu betrachten.

Wir machten uns also munter auf den Weg zu den Feierlichkeiten, ohne dass es beim Aufbrechen zu irgendwelchen Missstimmigkeiten oder Zankereien zwischen meiner Mutter und der einen oder anderen meiner Schwestern gekommen wäre. Das passierte sonst fast immer, wenn wir alle gemeinsam aus dem Haus gehen wollten, und mein Vater, der mit der Zigarette im Mund an der Tür auf uns wartete, zuckte dann vor Ungeduld mit der rechten Schulter, ein Tick, mit dem er, wäre er Schiffskapitän geworden, jeden Papagei verärgert hätte. Er war aber kein Seemann. Er war jemand, der sich am wohlsten im Chaos seiner launischen Maschinen fühlte, die er nächtens erfand und die ihm mal tiefste Befriedigung verschafften und dann wieder zur Weißglut brachten, also von einem Extrem ins andere trieben, als wäre es das Normalste auf der Welt. Mein

Vater lebte im Unfrieden mit dem geordneten Leben, ein Raum, in dem er auf- und abschwebte wie ein unbemannter Zeppelin. Herr Sudit, sein Chef, der Russe war und zwischen den Sprachen hin- und herwechselte, als lebte er auf dem Turm zu Babel oder immer noch im Hafen von Odessa, meinte, das liege daran, dass mein Vater nie in die Synagoge gehe. Wer beten gehe, komme mit dem Chaos und der Leere ins Reine, sagte er, doch mein Vater glaubte nicht daran. Seiner Meinung nach waren Extreme (und mit ihnen der Zufall) so nötig zum Leben wie die Luft und das Wasser.

Als wir zu Mindeles Hochzeit gingen, kam es aber zu keinerlei Verzögerung, niemand weinte oder beklagte sich darüber, seine Schnürsenkel nicht binden zu können, und nichts, kein Strumpf und kein Schuh, war in allerletzter Minute unauffindbar. Und so kam es, dass unsere Familie noch vor der Braut an Ort und Stelle eintraf, worauf man uns die besten Plätze zuwies. Das hätte man allerdings wohl auch getan, wenn wir zu spät gekommen wären, denn wir waren über meinen Onkel Chaim, der mit Mindeles Schwester Rivka verheiratet war, Verwandte der Braut, über meinen Vater außerdem die einzigen engeren Freunde des Bräutigams und damit die einzigen Angehörigen von seiner Seite überhaupt. Was sämtlichen Gästen auffiel. Denn von Reuvén Toledos Verwandtschaft war niemand gekommen, als ob der Mann ganz allein auf der Welt wäre und sein Schicksal nur von den toten Ahnen, die sein Gedächtnis bevölkerten, und von G-ttes Wille abhinge.

Er war kein Paria, denn er hatte einen Bruder und eine Schwester auf der anderen Seite des Ozeans, doch sie hatten nicht kommen können, obwohl man ihnen die Fahrkarten für die Überfahrt geschickt und schon ein Zimmer bei der Witwe, Rivkas und Mindeles Mutter, hergerichtet hatte. Die Schwester, die immerhin anrief, sagte, sie habe es in den Beinen. Irgendwelche Pilze, meinte meine Mutter, hätten ihre Beine anschwellen lassen, sie könne kaum laufen vor Schmerzen. Der Bruder hatte lediglich einen Brief geschrieben, in dem er Reuvén gratulierte, ohne weitere Erklärungen abzugeben. Von diesem Bruder hatte mein Vater eine vage Vorstellung: Er wusste, dass er dem Kartenspiel verfallen war und immer einen großen Hut trug, so eine Art Zigeunerhut.

Doch das erzählte er uns erst später, als die Jungvermählten schon nicht mehr in der Stadt waren und er darüber sprechen konnte, ohne gefährliche Fantasien zu wecken, vor allem bei meiner Schwester Victoria, die mutmaßte, dass dieser Bruder vor Reuvén etwas zu verbergen hatte, vielleicht, dass er ein Frauenheld war oder irgendeinen absonderlichen Dialekt sprach, mit dem er Reuvén und die Mutter der Braut in Verlegenheit gebracht hätte. Letztere sprach nur in den höchsten Tönen von ihrem Schwiegersohn, nicht weil sie ihn gut gekannt hätte, sondern weil sie so beeindruckt von seinen Geschichten war, die er, vor der Hochzeit mit Mindele, während der unzähligen Abendessen bei ihr zum Besten gegeben hatte und in denen von edlen Herren und Prinzessinnen die Rede gewesen war. Und von Überseedampfern, auf denen Walzer getanzt wurde und alle bedeutenden Sprachen kursierten.

Der Bruder mit dem großen Hut hätte vielleicht Probleme gemacht, doch er selbst hatte sie gelöst, indem er nicht gekommen war. Und diese Vorstellung schwebte weiterhin in der Luft wie ein Vogel auf der Suche nach seinem Nest.

3

VOR DER HOCHZEIT MIT MINDELE, als diese noch irgendwo in New York herumlief und wir in Jerusalem waren, hatte Reuvén Toledo in unserem Haus gewohnt, und, wie er uns erzählte, die Skizzen meines Vaters für eine Brotfabrikmaschine studiert; nicht die Kopie, die der Ersatzteilhändler Barcas entwendet hatte, um sie ohne jeden Erfolg in Europa an den Mann zu bringen, sondern einige erste Entwürfe, die unter den Werkzeugen und Papieren meines Vaters gelegen hatten. Und Reuvén war zu dem Schluss gekommen, dass mit einer solchen Maschine nichts anzufangen sei, da es bereits viel effizientere und weniger komplizierte Geräte gebe. Was mein Vater erfunden habe, sei also kaum mehr als eine Spielerei.

Das wiederum verärgerte Herrn Sudit sehr. Als ihm Reuvéns Aussagen zu Ohren kamen, ging er sofort die Zeitschriften holen, die immer an seine Fabrik geschickt wurden und in denen von den neuesten Errungenschaften der Technik die Rede war. Er hielt sie Reuvén hin und fragte ihn: »Wo steht das? Zeig mir, wo steht, dass schon mal so eine Maschine erfunden wurde!« Natürlich sagte er es nicht genau mit diesen Worten, sondern in seiner babelischen Sprache und unter größter Anstrengung, denn wenn er wütend war, verknotete sich seine Zunge, und die Worte kamen nur bröckchenweise und schwer verständlich aus seinem Mund, sodass man nicht erkennen konnte, welche Sprache er sprach, ob er gleich explodieren würde, so rot wie er angelaufen war, oder ob er innerlich schon explodiert war. Und auch meine Mutter ärgerte sich und sagte, als sie davon nach Mindeles Hochzeit von Herrn Sudit selbst erfuhr, dass sie Reuvén genug Vertrauen geschenkt habe, um ihn in unserem Haus wohnen zu lassen, aber nicht, damit er in den Zimmern oder in der Werkstatt herumzuschnüffele.

Dies zwang meinen Vater, der bedingungslos zu seinem Freund stand, eine ganze Reihe wenig einleuchtender Gründe für dessen Verhalten aufzuzählen, wie, dass er ihm erlaubt habe, die Werkstatt aufzuräumen, oder dass Reuvén so neue Ideen hätte sammeln können, während wir in Jerusalem waren; letzten Endes sei er ein guter Freund und wir hätten doch nichts vor ihm zu verbergen und so weiter. Dann wiederholte er alle Argumente, die ihm eingefallen waren, noch einmal und versuchte so lange, sie in einen logischen Zusammenhang zu bringen, bis sie den Anschein von Kohärenz und Ordnung erhielten, und so besänftigte mein Vater meine Mutter. Aber es gelang ihm nicht, ihr Unbehagen darüber aus der Welt zu schaffen, dass jemand im Haus herumgeschnüffelt hatte, denn, so argumentierte sie, wenn das Haus auch keine Geheimnisse berge, so sei das doch unsere Privatsphäre, unser Geruch und vieles andere, das von niemandem angerührt werden dürfe, der nicht zum engsten Familienkreis gehöre. Bei der Verteidigung ihres Territoriums kannte meine Mutter kein Pardon.

»Was hast du nur für Freunde!«, sagte sie in einem Tonfall, in dem sie sonst fluchte und der bedächtig und trocken war, wie wenn jemand möglichst leise eine Tür aufmacht.

»Mit der Heirat gehört er doch jetzt zur Familie.«

»Umso schlimmer. Bestimmt kommt er jetzt noch öfter, und bald wird er sich deine Unterwäsche ausleihen!«

Seit unserer Reise nach Jerusalem litt meine Mutter unter starken Stimmungsschwankungen, und wir waren das Fähnchen, das sich nach ihrem Winde drehte. »Mein Zuhause ist für mich nun einmal das Wichtigste auf der Welt«, sagte sie bei Tisch, sodass wir ahnen konnten, wie sehr unser Haus ihr auf Reisen gefehlt hatte und wie lebenswichtig es für sie geworden war. Der abgezirkelte Raum, in dem sich meine Mutter tagtäglich bewegte, der Hof, die Küche und das Zimmer, in dem sie mit dem Hausmädchen saß und nähte, hatte auf dem Schiff und in Jerusalem enorm an Bedeutung gewonnen. Oft hörten wir sie mit Zoila darüber sprechen, wie verloren sie sich so weit weg von zu Hause fühlte. Das Hausmädchen hatte sich dann eine Zigarette angesteckt und zu ihr gesagt: »Bald sind wir wieder in der Küche«, und wenn sie Küche sagte, meinte sie, bald kochen wir wieder, probieren alte Rezepte aus, hören Radio und plaudern über die Nachbarn und das Wetter.

Als Zoila erfuhr, dass Reuvén Toledo seine Nase in die Werkstatt meines Vaters gesteckt hatte, fürchtete sie, dass er womöglich auch in der Küche herumgeschnüffelt hatte oder sogar in ihrem eigenen Zimmer und sich dort über ihre Heiligenfigürchen lustig gemacht hatte, die in einem Winkel ihres Zimmers standen und die meine Mutter nicht nur billigte, sondern die sie ihr sogar manchmal kaufte, weil in ihrem Haus alles erlaubt war, nur keine G-ttlosigkeit. Aber Reuvén hatte sich wirklich nur die Skizzen angeschaut, wie er schwor, und mein Vater unterstützte ihn, indem er sagte, es gebe keinen Grund, ihm das nicht zu glauben.

»Und warum hat er ausgerechnet Mindele geheiratet, wo er doch angeblich so viele Frauen hatte?«, fragte meine Mutter auf der Suche nach weiteren Sünden Reuvén Toledos.

»Weil es so im Buch des Lebens stand, das der Engel vom Kol-Nidre-Abend schreibt«, sagte Victoria.

»Das glaube ich nicht«, sagte meine Mutter. Und sie hatte wahrscheinlich Recht, denn in den Tagen nach der Hochzeit säte der Liebesteufel seinen Samen in die Familie, aber daraus wuchs nicht das, was man unter Liebe versteht oder als solche empfindet, sondern etwas, das gleichzeitig eint und spaltet, ohne ganz zu verbinden noch zu trennen, also eher so etwas wie die Brotfabrikmaschine meines Vaters, die funktionierte und auch wieder nicht, die gleichzeitig berühmt werden und unbekannt bleiben würde. Und da wir sie nicht recht verstanden, sprachen wir lange Zeit nicht über die Sache, denn sie berührte uns und entglitt uns sofort wieder, wir wussten überhaupt nicht, was da eigentlich vor sich ging, und das verschloss uns den Mund.

Ältere Männer mochten wohl eine etwas klarere Vorstellung von der Bedeutung des Wortes Liebe haben, die für sie eher eine vorübergehende Erscheinung als etwas Wirkliches war, das man tatsächlich fühlen konnte wie Kälte oder eine Orange in der Hand, weshalb sie auch so viele Witze darüber rissen. Nicht so die Frauen, für die die Liebe ein schöner ferner Stern war, irgendwo in der Unendlichkeit, den man betrachten und anlächeln konnte. Und fürchten musste, wenn er unter die Haut ging.

Von all diesen Dingen ahnten wir Jüngeren kaum etwas und daher das Schweigen am Tisch: damit sich die Dämonen nicht in unsere Unwissenheit einnisten konnten.

4

Als Hochzeitsgeschenk brachten wir Mindele einen großen Krug mit, den meine Mutter in Jerusalem gekauft hatte. Einen antiken blauen Krug aus der Türkenzeit, den meine Mutter unter den Anpreisungen des Verkäufers eingehend betrachtet und den meine Schwester Victoria mit einer Lupe untersucht hatte, da sie argwöhnte, es handle sich um eine Fälschung oder ein fehlerhaft katalogisiertes Stück. Sie hatte in einer Archäologie-Zeitschrift gelesen, dass Antiquitätengeschäfte meist moderne Nachbildungen oder falsch klassifizierte Ware zum Verkauf anboten, weshalb man einem Händler auch manchmal ein Prachtstück abluchsen konnte, das dieser für unbedeutend hielt.

Doch das passierte nicht alle Tage. Häufiger wurde man übers Ohr gehauen, wie bei einigen Tellern, die mein Vater einmal kaufen wollte, bevor meine Schwester herausfand, dass sie nicht aus Bayern, sondern aus dem Libanon stammten und nicht im 19. Jahrhundert, sondern vor ein, zwei Jahren hergestellt worden waren. Deswegen ließ es meine Mutter zu, dass Victoria den Krug durch ihre Lupe auf Spuren untersuchte, während der Händler sie mit den entsetzten schwarzen Augen einer verschreckten Marktratte anstarrte, angesichts meiner schlauen Schwester schon selbst an seinen Worten zu zweifeln begann und nervös die Fäuste ballte, als klammerte er sich an ein Seil, das in einen Brunnen voller Schlangen herabgelassen wird. Doch der Krug erwies sich als echt, der Händler seufzte erleichtert auf und war so dankbar, dass er ihn meiner Mutter um einiges günstiger überließ und meiner Schwester eine Mokkatasse schenkte, wobei er vermutlich zu seinem G-tt betete, dass sie endlich mit ihrer Lupe verschwinde, die einen Gutteil seiner Ware als Fälschung enttarnt hätte. Am Auffälligsten an dem Verkäufer war die blaugestreifte Djellaba, wie sie die Juden in Marokko oder im Jemen tragen, und auch seine roten Haare waren alles andere als landestypisch. Ob er die Djellaba wohl auch verkauft hätte, fragte Victoria uns später, und wir konnten vor lauter Lachen nichts darauf antworten.

In den Krug legte meine Mutter eine kleine Sabbatdecke für das Zudecken des Brotes am Sabbat, die sie eigenhändig auf dem Schiff genäht hatte, auf dem wir, den Kopf voller Bilder und Wörter aus dem Lande Israel und den zahlreichen Häfen, an denen wir angelegt hatten, nach Hause zurückkehrten. Die Wörter hatte mein Vater in einem Heft notiert, um sie uns später, wenn es dämmerte und sich das Meer rot und schwarz färbte, ganz langsam vorzulesen, damit wir sie lernten. Dabei schlief meine kleine Schwester Miriam regelmäßig ein, ohne vorher zu Abend gegessen zu haben, was zu kleinen Unstimmigkeiten zwischen meiner Mutter und meinem Vater führte.

»Die dritte Mahlzeit ist wichtig«, schimpfte meine Mutter mit leiser Stimme, um meine Schwester nicht aufzuwecken.

»Kinder essen doch, wann sie wollen. Morgen beim Frühstück wird sie wieder zu Kräften kommen«, murmelte mein Vater.

»Du wirst deine Kinder noch umbringen«, sagte meine Mutter, wobei sie einen hochroten Kopf bekam und mit ihren Blicken förmlich Schüsse abzufeuern schien.

»Das Leben besteht nicht nur aus Essen.«

»Ach ja, woraus besteht es dann?«

»Daraus, sich zu lieben und zu helfen«, antwortete mein Vater, und meine Mutter blickte um sich, als hätte sie etwas verloren.

»Morgen zwingst du sie, ihr Frühstück aufzuessen!«

»Ich bin doch kein Folterknecht.«

»Sie soll es aufessen!«

Für uns hatte das Wort Liebe immer bedeutet, dass man versuchen sollte, alles, was passierte, zu verstehen oder ihm wenigstens einen Sinn zu geben. Oder dass man sich gefahrlos streiten konnte. Es war nicht etwas, das wuchs und überquoll. Victoria, die so viele Bücher gelesen und auch schon mal einen Freund gehabt hatte, erklärte uns, Liebe sei, einen Schwachkopf mit Pickeln im Gesicht vor sich zu haben. Dann sagte sie nichts mehr, weil Zoila laut loslachte. Die Liebe, die nach Mindeles Hochzeit plötzlich da war, schien also beispiellos. Nicht einmal Herr Sudit mit seinen vielen Sprachen konnte beschreiben, was da vor sich ging, und wischte sich das Wort aus dem Gesicht wie Rauch, der ihm in die Nase stieg.

5

Mindeles Hochzeit wurde am Abend gefeiert. Ihre Cousins aus New York waren gekommen und mit ihnen ein orthodoxer Rabbiner, der sich wütend an den Schläfenlocken zog, wenn einer von uns unter seinen Beinen hindurch kroch und das Buch, das er ständig aufgeschlagen in den Händen hielt, beben ließ. Er war ein kleiner Mann mit einem grauen Bart und sehr blassem Gesicht. Bestimmt war er deshalb so blass, kam mir der Gedanke, weil er in einem Keller wohnte oder beim Beten in den Himmel aufstieg. Von Victoria wusste ich, dass es kabbalistische Rabbiner gab, die stille, dunkle und feuchte Orte vorzogen, um besser über Buchstaben und Wörter meditieren zu können, und die, weil sie sich beim Beten auf die Zehenspitzen stellten, aufstiegen wie ein Vogel. Und sich, fern von anderen Menschen, wundervollen Verwandlungen unterzogen, die jeden in den Wahnsinn getrieben hätten, der nicht in die Geheimnisse des Namens eingeweiht war. Sie konnten sich etwa in Lämmer aus Glas verwandeln, die ganz langsam liefen, um nicht zu zerbrechen, oder in Goldfäden, die sich die Wände entlang schlängelten und Zeichnungen des Jenseits oder des verborgenen Sinns der Nächte und der Sonnenaufgänge abbildeten, denn hinter den Sternen und den Sonnen lagen noch andere Welten und andere Monde, die von fremden Wesen bewohnt waren. Aber der Rabbi, der mit Mindeles Cousins zur Hochzeit gekommen war, war kein Kabbalist und wusste nur wenig über Moses Maimonides, wie mein Vater herausfand, der sich mit ihm zu unterhalten versuchte, jedoch einzig zur Antwort erhielt: »Sie scheinen ja sehr belesen zu sein. Aber dies ist nicht der Augenblick, wir sind auf einem Fest«, wobei der Rabbi an den Zizith zog, die von seinem Tallit Katan über dem Hosengürtel hervorsahen. Aus der Unterhaltung zwischen den Männern und Frauen an unserem Tisch erfuhren wir, dass der Rabbi heilige Schriften übersetzte und bei religiösen Zeremonien sang. Wir glaubten es, obwohl wir ihn nicht singen hörten. Und da von keiner Gemeinde die Rede war, der er vorgestanden hätte, bemerkte mein Onkel Chaim: »Und sicher verkauft er Diamanten«, was Doktor Schmulson und Herrn Sudit zum Lachen brachte, die sich bestimmt an etwas erinnerten, das sie nicht verraten wollten. Sie tauschten komplizenhafte Blicke, zu offensichtlich, als dass sie irgendjemandem hätten entgehen können. Und das führte dazu, dass mein Onkel zu erzählen begann, wie er auf unserer Rückreise von Jerusalem auf dem Schiff einer Frau begegnet war, die mit Juwelen handelte und diese immer um den Hals trug, um die Leute zum Kauf zu ermuntern, die jedoch so hässlich und alt war, dass die Schmuckstücke, wie echt sie auch immer sein mochten, wie billige Nachbildungen wirkten.

Aber diese Frau gab es in Wirklichkeit vielleicht gar nicht, sondern diente Chaim nur als Metapher für den lesenden Rabbi auf der Hochzeit. »Mag ja sein, dass der singt, aber bestimmt falsch, denn er hat einen viel zu breiten Mund und ganz aufgesprungene Lippen«, meinte mein Bruder Joaquín, der sich nicht sonderlich amüsierte, weil er Magenschmerzen hatte, was er aber nicht zugab, weil meine Mutter sonst mit ihm geschimpft hätte. »Iss nicht so viel Süßes, sonst tut dir der Bauch weh«, hatte sie ihn gewarnt. Doch er hatte sich mit Süßem vollgestopft wie eine Biene, die gerade von der Arche Noah kam. Und er sagte das über den Mund des Rabbis, damit dieser ihm einen bösen Blick zuwerfe und seine Bauchschmerzen verscheuche.

»Du sollst dich nicht lustig machen«, sagte Rivka, die für die Hochzeit ein rotes Kleid angezogen hatte, das ihre Schultern und ihr Gesicht zur Geltung brachte.

»Ich mache mich nicht lustig. Das mit der Alten auf dem Schiff ist so wahr, wie du hier neben mir sitzt«, sagte Chaim und küsste seine Frau auf die Wange. Sie zuckte zurück, als hätte er sie geschlagen.

»Du stinkst nach Whisky«, sagte Rivka und wandte sich meiner Mutter zu, die neben ihr saß. »Verheiratet zu sein, ist nicht einfach«, sagte sie zu ihr. Meine Mutter lächelte.

Der Rabbi mit den Locken las die ganze Zeit über, sodass er gar nicht wirklich anwesend war (auch wenn er zu meinem Vater gesagt hatte, er sei auf einem Fest und rede deshalb nicht über Maimonides), sondern irgendwo, wo man weder sang noch lachte noch Bräute herumtrug, sondern vielleicht versunken in der Stille jenseits der Gebete oder in einem Amen, das nicht »So sei es« bedeutete, sondern allen Fragen Tür und Tor öffnete. Oder er war, wie Victoria später meinte, wegen der Hitze eingeschlafen. Oder in seinem Stolz gekränkt, weil der Rabbi unserer Gemeinde ihn nicht angemessen beachtet und zur Thora aufgerufen hatte, wie die Witwe es beim Morgengebet angeblich gefordert haben wollte. Das war natürlich gelogen, und sie wollte mit dieser Anschuldigung nur darauf hinweisen, dass ihre Verwandtschaft nicht mit den Ehren empfangen worden war, die ihr gebührten. Ihre Worte schwirrten durch die Luft und empörten die Alten, doch niemand widersprach.

»Wann nimmt der Neid auf Erden endlich ein Ende?«, fragte sie uns mehrmals während des Festes.

»Sobald wir alle weniger reden«, antwortete mein Onkel Chaim, dessen Augen glänzten und der inzwischen seine Krawatte gelockert hatte.

»Heute Nacht fasst du mich nicht an«, sagte Rivka zu ihm, und meine Mutter schlug mit einem Löffel an ihr halb ausgetrunkenes Champagnerglas, um uns abzulenken. Doch wir hatten deutlich gehört, was Chaims Frau gesagt hatte. Meine Mutter sagte manchmal etwas Ähnliches zu meinem Vater, vor allem gegen Monatsende oder wenn sie sich gestritten hatten. Wir wussten also durchaus, worum es ging, und mussten ausgiebig kichern.

»Was sollen die Leute von euch denken? Dass ihr verrückt seid?«, schimpfte meine Mutter.

In den Gesprächen zwischen den Frauen am Tisch ging es immer darum, wie schwer sie es doch hatten. Unentwegt miteinander zu plaudern und in das Leben anderer einzudringen wie Würgeengel oder Mäuse, die mit bebenden Barthaaren und zuckenden Schwänzen von einer Ecke in die andere huschten, um auch ja nichts unangetastet zu lassen, schien ihnen aber keine Mühe zu bereiten. Zu welchem Tisch auf dem Fest man auch blickte, alle Frauen redeten in einem fort, bewegten dabei Münder, Augenbrauen, Hände und fassten alles an, was sich in ihrer

Reichweite befand. Meinen Vater erinnerten sie bestimmt an seine vor sich hin ratternde Brotfabrikmaschine, so jedenfalls kamen mir diese plappernden Weiber vor. Mein Vater und ich dachten manchmal dasselbe. Uns verband etwas, was er sich wahrscheinlich mithilfe der Naturwissenschaften erklärte, während ich einfach nur darüber staunte oder mich an diese Engel erinnert fühlte, die einem Dinge ins Ohr flüstern.

So wie mein Vater zu denken, darauf war ich ziemlich stolz, doch als die Liebe zu uns ins Haus kam und diese Verwirrung anrichtete, die wir durch Schweigen oder die üblichen Worte in Ordnung zu bringen versuchten, dachte ich nicht so wie er. Während er die eine Richtung einschlug, ging ich in die andere. Und da uns von meiner Mutter verboten war, irgendwelche Fragen über die Liebe zu stellen, auch solche, die die Auffassung von Liebe nach unserem Glauben nicht in Zweifel zogen, glich jede unserer Andeutungen bloß einem kurz aufglühenden hellen Schein an einem unendlichen, sternenübersäten Nachthimmel, an dem eine Sternschnuppe nach der anderen herabging, sodass wir, wenn wir hinsahen, ganz konfus wurden, weil der Himmel nicht mehr still, sondern in eine wirre Bewegung geraten war, in der wir keine Monde und Planeten mehr festmachen konnten. Hätte Abraham Abinu, unser Vater Abraham, einen solchen Himmel zu Gesicht bekommen, er hätte G-tt das mit dem Gelobten Land wohl nie geglaubt.

6

Dass Reuvén Toledo und Mindele heiraten sollten, wurde eine Woche vor Pessach verkündet (ich weiß nicht, ob das Sünde ist oder nicht), in der Woche, in der man die Einkäufe für den Seder tätigte, der bei Mindeles Mutter stattfinden sollte. Und obwohl uns allen klar gewesen war, dass es dazu kommen würde, weil schließlich alles zur gegebenen Zeit und am gegebenen Ort geschah und weil Mindele und Reuvén aus geheimnisvollen Gründen immer schon im Himmel vereint gewesen waren – vom Moment unserer Geburt an sucht unser Stern bekanntlich nach einem anderen Stern, der ihn ergänzt oder zerstört (das mit dem »Zerstören« kam von Chaim, der dafür von Rivka einen Ellenbogenstoß in die Rippen erhielt) –, wurde das Datum der Vermählung erst an diesem Sedertisch nach dem Ma Nischtana bekannt gegeben.

Wir waren zu jener Zeit noch in Jerusalem, und Herr Sudit war es, der uns später erzählte, wie die Witwe die Lippen spitzte, dabei wie ein Periskop dreinschaute, das überprüft, ob die Luft an der Meeresoberfläche rein ist, sich mit einer beringten Hand über die Nase fuhr, eine Serviette aufnahm und sagte: »Nach dem Omer-Zählen wird Mindele heiraten.« Da saß sie immer noch im Rollstuhl und wurde von der Indiofrau herumgefahren, die zu diesem Anlass ein Kleid mit großen Blumen trug. Reuvén Toledo an ihrer Seite lächelte, senkte ein wenig den Kopf und schubste mit der Gabel eine Olive herum (so stellte es sich Victoria vor). Sofort gratulierten ihm die Anwesenden. Das herzzereißendste und ausführlichste Masal Tov kam von Doktor Schmulsons Frau. »Deswegen musst du doch nicht gleich loskreischen«, sagte ihr Mann zu ihr, doch sie hörte nicht. Sie war richtig aus dem Häuschen. Victoria, die Frau Schmulson besser kannte, erklärte uns, dass diese, wann immer eine Hochzeit verkündet wurde, reagierte, als würde ihr Herz auf die doppelte Größe anschwellen. Und aus diesem erweiterten Herzen, durch das ihr Blut floss und in dem die Worte sich bildeten, die sie am Telefon sagen oder in Briefen formulieren würde, drang schließlich ihr Kreischen, woraufhin sie sich stets gleich den tiefrot geschminkten Mund zuhielt.

Die Witwe, die sich in der Zeit vor Pessach allmählich gesundheitlich erholt hatte, vielleicht weil wir weit weg waren und ihr Chaims Anwesenheit nicht auf den Magen schlagen konnte, hatte sich kokett über die Schulter ihres zukünftigen Schwiegersohns geneigt und seine Hand genommen. Und Reuvén, längst vergessen von all den Frauen, die er besessen oder nur erfunden hatte (Lüge und Wahrheit, so deutete mein Vater, wogten gemeinsam durch seine Erinnerung und bildeten einen Mischmasch, der nicht mehr auseinanderzudividieren war und ihm erlaubte, mit verschiedenen Wahrheiten zu hantieren), hatte das Geschnurre der Frau unter Gesten über sich ergehen lassen, die so viel bedeuten sollten wie: Ich kann nichts dafür, es ist Schicksal.

»Der wird ihr Lieblingsschwiegersohn werden«, sagte Herr Sudit später zu uns, hatte sich in jenem Moment aber jeder Äußerung enthalten, um sein Seelenheil nicht durch Worte zu gefährden, und sich lieber der Betrachtung des Weinglases gewidmet, das vor ihm stand. Es war ein schimmernder Rotwein, ein guter Jahrgang einer angesehenen französischen Rebsorte, was einem Gesetzesverstoß gleichkam, da man an Pessach nur süßen Wein trinkt, doch Herrn Sudit war es nicht danach, über die Ereignisse in Ägypten zu sprechen, sondern er war vielmehr geneigt, sich mit diesem verbotenen Wein auszuhelfen und zu beschließen, dass im Haus der Witwe keine ägyptischen Zeiten herrschten, sondern alle Entbehrungen und Irrtümer mit der Ankunft des Freundes meines Vaters beseitigt worden waren, der sich bereits den Schnurrbart stutzte und das Haar mit einer nach Rosenseife duftenden Pomade zum Glänzen brachte. Und der in seinem Anzug und mit seinen Schuhen aussah, als dirigierte er ein Kabarettorchester. Herr Sudit, der sich inzwischen bedenkenlos seiner babelischen Sprache bediente, weil er die anderen für intelligent hielt und darauf vertraute, dass sie mit einem verstandenen Wort schon wüssten, wovon er spräche, hatte sich gegen die Rückenlehne seines Stuhls geworfen, um es sich bequemer zu machen und eine Bemerkung über uns und eine Postkarte fallen zu lassen, die wir ihm geschickt hatten, doch der Stuhl krachte, und Herr Sudit stürzte zu Boden, wobei er eine Bronzefigur mit sich riss, die eine jagende Diana darstellte und die wie durch ein Wunder nicht auf seinem alten Körper landete. Die Figur wog über zehn Kilo. Rasch kam ihm die Indiofrau zu Hilfe, packte ihn unter den Achseln und stellte ihn hin wie einen Sack Stroh. Alle Augen am Tisch richteten sich fragend auf ihn, doch auf der Suche nach einer Erklärung hob Herr Sudit nur kaum merklich die Hände, und aus seinem Mund kam kein einziges Wort, nur Weindunst. Es war, als habe ihn ein Geist zum Schweigen gebracht.

Doktor Schmulson rettete die Situation, indem er von Reuvén Toledos großem Glück sprach, eine Frau wie Mindele heiraten zu können, worüber die Witwe sehr entzückt war. Augenblicklich bat sie die Indiofrau, eine Flasche Champagner zu holen, um zu feiern, dass das Schicksal sie alle heute hier versammelt habe. Währenddessen schielte sie zu Herrn Sudit und dem Stuhl, um sich zu vergewissern, dass es ihnen beiden gut ging. Und vergaß dabei die Bronzestatue, da ihre Augen bereits von dem französischen Wein glänzten und sie nur noch ihren neuen Schwiegersohn vorführen wollte, der ein feines Kerlchen war und nicht wie Chaim eine Eintrittskarte zur Hölle. Später würde sie uns sagen (ihre eigenen Worte verfluchend), dass sie vom Geiste der Sarah, der Sarah Abrahams Abinu, besessen gewesen sei und sich in der Rolle der Matriarchin eines großen, aufblühenden Volkes gesehen habe. Herr Sudit dagegen sagte, sie sei betrunken gewesen, und stellte klar: »Ich habe diesen Champagner abgelehnt. Ich hatte an dem Abend schon genug gesündigt.«

An jenem Sederabend bei der Witwe befand sich Mindele auf einer Kreuzfahrt durch die Karibik und blickte von der Reling des Schiffes aus auf das Meer und den sternenbedeckten Himmel. Neben ihr stand ein Mann mit Schlitzaugen, der versuchte ein Gespräch mit ihr anzufangen, doch die Worte prallten von ihr ab und fielen in das leicht bewegte Wasser. Das jedenfalls dachte sich Reuvén Toledo über Mindele aus und erzählte es allen wie ein Kartenleser, woraufhin die Augen seiner Schwiegermutter noch mehr glänzten und ein paar Tränen fallen ließen, denn jenes sommerliche Meer und der Chinese oder Koreaner oder Mongole aus Reuvén Toledos Vorstellung hatten sie zutiefst gerührt.

Herrn Sudit erinnerten die Worte des Bräutigams an ein Buch, das er gerade las. Es war die Geschichte von ein paar Männern, die das Mittelmeer überquerten, dabei den Tanach lasen und den Namen G-ttes zu entschlüsseln versuchten. Die Romane, die Herr Sudit las, beschaffte ihm Victoria, und er mochte sie, weil sie mit großer Schrift und kurzen Kapiteln waren. »Du wirst ihn mit diesen Büchern noch einmal in den Wahnsinn treiben«, sagte meine Mutter. Und meine Schwester zuckte mit den Schultern: »Uns kann doch nichts mehr in den Wahnsinn treiben.«

Das Wort Wahnsinn hatte in unseren Gesprächen immer einen umgekehrten Sinn: den einer Unordnung, die zwangsläufig wieder in Ordnung kommen würde und die am Ende notwendig gewesen war, um etwas Bestimmtes zu verstehen, das man auf andere Weise nicht verstanden hätte. Meine Schwester behielt also Recht: Uns trieb nichts in den Wahnsinn, sondern wir durchquerten den Wahnsinn, wie man ein stürmisches Meer voller Ungeheuer durchquert. Und indem wir irgendwo da draußen umherfuhren, lernten wir alles Mögliche, wurden von einem Rausch in den anderen versetzt, und am Ende riss aus irgendeinem wundersamen, unverständlichen Grund der Himmel auf und die Sonne kam heraus. Unsere Welt befand sich immer in den ersten sechs Tagen der Schöpfung, wiederholte sich in ihnen fortwährend. Mein Vater hatte es uns an einem

Abend erklärt. Er nahm die Menora in die Hand und sagte: »Sie hat sieben Arme: nämlich zwei Augen, zwei Ohren, zwei Nasenlöcher und den Mund. Und dieses Gesicht entzündet sich und erlischt, schaut, fühlt, schwingt, schmeckt und hört. Und bewegt sich wie ein Vogel, den der Wind fortträgt und der schließlich innehält und den Sabbat mit seinen Worten erleuchtet. Er hat viel zu sagen, denn er ist rund um die Welten geflogen.«

»Und was sind die Welten?«, fragte ich.

»Das, was sich bewegt«, antwortete mein Vater.

Victoria dachte also nur logisch, als sie sagte, dass uns nichts mehr in den Wahnsinn treiben könne. Doch diese Logik ging natürlich um ein Haar in die Brüche, als die Liebe, ganz anders als wir sie uns vorgestellt hatten, zu uns kam, nämlich nicht in Gestalt einer rosaroten Morgendämmerung, sondern mit der Wucht eines ganzen Heers afghanischer Soldaten.

7

Mindele hatte an einem Morgen im März bei ihrer Mutter vor der Tür gestanden. Da kam sie von einer langen Reise aus New York zurück und wusste noch nicht, dass sie heiraten würde. Und obwohl sie aussah wie eine gestrandete Frau, die auf der Suche nach ihren Kindheitserinnerungen nach Hause zurückgekehrt war, umarmte die Witwe sie weinend und stellte keine Fragen, wofür Mindele dankbar war, denn sie wusste an diesem Tag ihrer Rückkehr: Würde man ihr Fragen stellen, so würde sie erneut gehen und niemals wiederkehren.

Und vielleicht war ihr das anzusehen, denn ihre Mutter umschlang sie nur und wiederholte immer wieder ihren Namen, als ob sie ihr Kommen beschworen hätte und ihre Beschwörung Wirklichkeit geworden wäre, oder weil sie glaubte, wie sie uns sagte, dass sich Mindele, hätte sie nicht wieder und wieder ihrem Namen ausgesprochen, in Luft aufgelöst hätte und in ihrem Haus dann endgültig der Todesengel eingekehrt wäre und die Plagen, die die Witwe vor ihrem Tod noch heimsuchen würden.

Und in dieser Umarmung weinte auch Mindele, und als sie sich losreißen konnte, rannte sie auf ihr Zimmer und schloss sich dort ein bis zum nächsten Tag, jedoch nicht, um zu schlafen, sondern um sich aufs Bett zu setzen und aus dem Fenster zu starren, bis erneut die Sonne aufginge.

Und so schlief in jener Nacht niemand in dem Haus, denn die Witwe und die Indiofrau blieben ebenfalls wach und saßen vor Mindeles Tür, um ihr jederzeit zu Diensten zu sein, sodass also die Ankunft des Mädchens sehr an die Parabel vom verlorenen Sohn erinnerte (Victoria diskutierte mit Zoila über diese Parabel und sagte ihr, dass so etwas in jüdischen Familien nicht vorkomme), aber ohne Fest, obwohl die Indiofrau auf Bitten der Witwe ein Schmorgericht zubereitete, das Mindele gerne aß. Dazu stellte sie ihr frisches Brot und sogar eine Flasche Wein hin, da man nicht wissen konnte, was für Gewohnheiten das Mädchen in New York (und während ihres Verschwindens) angenommen hatte, und selbst wenn sie schwanger gewesen wäre, so wäre damit alles in ihr gesegnet gewesen. Derlei war schon vorgekommen, das Leben auf Erden brachte solche Dinge mit sich.

Die Witwe wirkte wie besessen, seit Mindele zurückgekommen war, und strahlte einen Enthusiasmus aus, mit dem sie auch die Indiofrau ansteckte. Wenn sie auch die ganze Nacht kein Auge zutaten, war ihnen doch jedes Geräusch aus dem Zimmer der heimgekehrten Tochter wie ein fröhliches, den Frühling ankündigendes Konzert. Noch nie waren Geräusche so wohltuend für jemanden gewesen. Und als Mindele am nächsten Tag aus dem Zimmer trat und ihre Mutter und die Indiofrau vor der Tür sitzen sah, beide in ihre Schultertücher gewickelt, war sie es, die ihre Mutter umarmte.

Diese Szene erzählte die Witwe immer wieder, fügte Einzelheiten hinzu oder ließ welche weg, je nachdem, mit wem sie es zu tun hatte, und sagte dann: »Wir waren nie voneinander getrennt, es war nur ein Versuch des Teufels, das Unzertrennliche auseinander zu reißen, doch die Bestie musste sich geschlagen geben.«

In diesen Tagen vor unserer Rückkehr, denn Mindeles Ankunft war zwei Wochen, bevor wir aus dem Lande Israel wiederkamen, ging es im Haus der Witwe zu wie am ersten Tag der Schöpfung, denn Reuvén Toledo tauchte dort auf, und es war gar kein Heiratsvermittler nötig, damit er sich für Mindele interessierte oder sie sich für ihn, sodass sich alles magisch fügte (seufzte Victoria). Doch in Wirklichkeit war da keine Magie im Spiel, sondern nur die Witwe, die Reuvén angerufen hatte, um ihn aufzufordern, nun wie vereinbart Mindele zu heiraten. Dann hatte sie Doktor Schmulson angerufen und gebeten, die Sache amtlich zu machen.

»Aber ich bin doch nur Arzt.«

»Eben deshalb rufe ich Sie an, suchen Sie aus ihren Krankenakten einen gesunden Rabbi heraus oder erschaffen Sie einen wie Doktor Frankenstein« – Letzteres fügte Onkel Chaim hinzu. Und es waren keine wirren Reden, sondern Anweisungen, die da aus dem Mund der Frau kamen und denen der Arzt zustimmte, und es musste kein Golem oder Ähnliches erschaffen, sondern nur ein privates Essen veranstaltet werden, zu dem der Freund meines Vaters als Bräutigam und der Rabbi der Gemeinde eingeladen wurden, der zwar Mindeles Mutter nicht besonders gefiel, weil er immer schon einen kränklichen und verschrobenen Eindruck auf sie gemacht hatte, aber schließlich von ihr akzeptiert wurde, nachdem Doktor Schmulson ihr versichert hatte, dass er voll und ganz bei Verstand und stark wie ein Ackergaul sei. Und da wählte die Witwe im Beisein der Indiofrau, die später Zoila davon erzählte, sodass wir alle es erfuhren, ganz klare Worte: »Ich will, dass er sich unwiderruflich verpflichtet.« Und da Mindele nicht hässlich, sondern im Gegenteil inzwischen etwas robuster war und ihre Frisur ihr Gesicht rundete, sodass sie einer der Schwedinnen ähneln mochte, mit denen Reuvén Briefe wechselte oder die er sich ausdachte, willigte Reuvén erneut ein, wie er schon zuvor in Rivkas Anwesenheit eingewilligt hatte, und streckte ihr seine Hand hin.

»Ich werde dich sehr lieben«, sagte Reuvén.

»Und ich ein Turteltäubchen sein«, antwortete Mindele. Und was sonst nur in schlechten Filmen geschieht, in denen es wegen des knappen Budgets zu keinen längeren Liebesaffären kommt, passierte hier wirklich und bekam dem Freund meines Vaters gut. Er hatte Herrn Sudit einige Tage zuvor um Arbeit in der Fabrik gebeten und noch keine Antwort von ihm erhalten. Herr Sudit würde uns später erzählen, er habe nein sagen wollen, aber nicht die richtigen Worte gefunden, da man zu einem Mann nicht einfach nein sagen könne, sondern ihm einen triftigen Grund nennen müsse, damit er einsehe, dass er nicht am richtigen Ort gesucht habe, demnach also nicht gescheitert sei, sondern nur die falsche Tür geöffnet habe. Herr Sudit verhedderte sich ziemlich, als er das sagte, und nur mein Vater verstand, was er überhaupt sagen wollte.

Es war also ein Glück, dass Reuvén Mindeles Hand nahm und dass sie sagte, sie wolle ihn heiraten. Und um das Wunder vollkommen zu machen, bot die Witwe ihnen eine ziemlich hohe Mitgift an und schlug ihnen vor, bei ihr zu wohnen, da dieses große Haus für eine einsame Frau sonst wie die Wüste wäre und wie die Traurigkeit der Erzmutter Sarah, bevor diese schwanger wurde. Da wurde Reuvén Toledo einiges klar, doch er riss sich zusammen, erzählte die Indiofrau Zoila, und machte ein verliebtes Gesicht, was Mindele nicht tat, die seit ihrer Rückkehr nun manchmal tief in Gedanken versank, das heißt, anwesend und gleichzeitig abwesend war. Doch das schrieb die Mutter den Anstrengungen der vergangenen Tage und nicht dem Umstand zu, dass Mindele, wie sie später Chaim erzählte, in Gedanken wieder und wieder die Stadt New York durchlief, um herauszufinden, was sie dort getan hatte, umgeben von Gespenstern, die an ihren Händen und Füßen gezerrt und sie durch den Hudson River gezogen hatten wie einen toten Fisch oder die sie in die Bars von Manhattan geschleppt und sie dort zum Tanzen und Durchdrehen gebracht hatten, sodass sie schließlich nicht mehr sie selbst, sondern ein trüber Wind war, der Blätter, Schuhe und Regenschirme in allen Farben mit sich riss.

»Die Tage in New York verfolgen sie«, sagte Rivka, und Onkel Chaim bestätigte, so etwas komme vor, ihm gehe es auch so, wenn er an die Städte und Meere denke, die er bereist habe.

»Dich verfolgen höchstens deine Sünden«, sagte Rivka.

»Mindele auch«, bemerkte Chaim.

Zoila war der Ansicht, die Liebe existiere nur in Liedern. Sie war von der Liebe nur mit sehr kalten Händen berührt worden, wie sie uns in der Küche erzählte. Und damit diese sie nie wieder berühren könnten, habe sie Zigaretten zu rauchen begonnen, von denen sie einen schlechten Geschmack im Mund bekomme. Sie lachte, als sie das sagte. Doch sie log, wir konnten es ihr ansehen. Sie hatte uns auch angelogen, als sie behauptete, sie könne nicht tanzen. Wir sahen oft, wie sie die Beine und Hüften schwang, wenn sie das Geschirr wusch und dabei Musik hörte. Meine Schwester Clara äffte sie dann nach, um sie aufzuziehen.

8

Bei der Hochzeit wurde Mindele von den jungen Männern der Gemeinde auf einen Schemel gesetzt und in die Luft gehoben, sie tanzten mit ihr durch die Menge der geladenen Gäste, was den lesenden Rabbi störte, da er unerwartet sein Buch zuklappen musste und die Seite verschlug. Dieser Rabbi aus New York hatte einen in zwei lange spitze Enden auslaufenden Bart und blickte ab und an über seine Brillengläser hinweg. Und mit diesem Blick sah er wie einer der Vögel aus, die Noah auf seiner Arche mitgenommen hatte und die ständig nach Land Ausschau hielten, um endlich den schwimmenden Käfig verlassen zu können. Kurzum, der Rabbi mit den Locken fühlte sich nicht besonders wohl bei uns und hatte das vielleicht auch den Cousins von Mindele gesagt, die, wie ebenfalls anzunehmen ist, darauf geantwortet hatten, dass sie ja in ein paar Tagen schon wieder zurückkehrten, sodass ihre Reise hierher schon bald zur Vergangenheit gehören und ihm nur noch wie ein Traum erscheinen werde.

Dem lesenden Rabbi wäre es besser ergangen, sagte meine Mutter, wenn er sich mit uns oder mit irgendjemandem auf dem Fest unterhalten hätte, was er durchaus hätte tun können, da viele der Gäste Jiddisch sprachen und mein Vater sogar leidlich gut Englisch konnte. Aber der Mann las lieber und vergewisserte sich nur hin und wieder, dass die Witwe in seiner Nähe war, nach der er sonst verzweifelt mit den Blicken suchte. Diese war jedoch den tanzenden Jungen gefolgt, die ihre Tochter Mindele forttrugen, saß nicht mehr im Rollstuhl mit der Indiofrau hintendran, sondern war plötzlich wie verjüngt.

»Hör endlich auf zu trinken«, sagte Rivka zu Chaim und sah ihn mit Augen an, die wie zwei Kohlen glühten.

»Es tut mir gut, ich kann seit Tagen nicht schlafen«, antwortete Chaim und betrachtete seine Frau durch das Glas hindurch, das er in der Hand hielt; er nutzte auch gleich die Gelegenheit, die Frau von Doktor Schmulson auf dieselbe Weise anzusehen, was diese augenblicklich in Aufruhr versetzte, denn Chaim hatte schon immer eine beunruhigende Wirkung auf sie ausgeübt. Die Frau des Doktors sah in meinem Onkel so etwas wie ein böses Omen und versuchte stets, seinem Blick auszuweichen und ihn zu ignorieren, woraufhin Chaim ihr dann direkt ins Gesicht blickte und ihr zuzwinkerte. Er mochte dieses Spielchen und die Frau auch. Zwischen ihnen herrschte genau die richtige Dosis Hass.

»Wenn du dich weiter betrinkst, kannst du im Hotel schlafen«, sagte Rivka.

»Ich übernachte bei meinem Bruder«, erwiderte Chaim und sah meine Mutter an. Der wurde unbehaglich zumute und sie blickte Hilfe suchend zu meinem Vater. Aber das war wie durch ein Fenster in einen Abgrund zu schauen, weil dieser die Augen schloss, um nicht antworten zu müssen, woraufhin die Frage, die in den Augen meiner Mutter stand, erst in der Luft und schließlich auf dem Gesicht von Herrn Sudit hängen blieb. Der jedoch sah den Jungen beim Tanzen zu, klatschte begeistert mit und war anscheinend in Russland und nicht irgendein Gast, sondern der Vater der Braut selbst. Und in seiner Freude hörte er weder, was Chaim sagte, noch achtete er auf meine Mutter, sondern roch die Meeresluft von Odessa und den Duft von *Gefilte Fisch* aus jüdischen Küchen.

Die Vorstellung von *Gefilte Fisch* und den Küchen begleitete Herrn Sudit überallhin, sie überkam ihn sogar beim Beten in der Synagoge. Und immer, wenn er sich mit meinem Vater unterhielt, flocht er in das Gespräch ein paar Worte ein, die auf dieses Fischgericht anspielten und auf die Frauen, die es kochten.

»Ich höre ja schon auf«, sagte Chaim schließlich und erhob sich und begann mit ausgestreckten Armen zu tanzen, und da mein Onkel zum Künstler wurde sobald er vor Publikum trat, begannen die tanzenden Gäste auf ihn aufmerksam zu werden und seine Schritte nachzuahmen. Mindele wurde von ihrem Schemel heruntergeholt, alle fingen an, im Kreis zu tanzen, die Braut in der Mitte, und Chaim, Arm in Arm mit den anderen Tänzern, sah sie dabei lachend an.

»Er ist betrunken«, sagte Rivka, und meine Mutter nickte. Doch für uns war unser Onkel nicht betrunken, sondern sein Körper war nur von den Erinnerungen an die Reise heimgesucht worden, und bestimmt dachte er beim Tanzen an das Orchester auf dem Schiff oder an die Musik, die wir in einem Café in Haifa gehört hatten, wobei eine Frau beim Tanzen den Bauch bewegt und den mit Münzen besetzten Gürtel und die Reifen um ihre Arme zum Klingen gebracht hatte. Ein Tanz, auf den meine Mutter etwas verstört reagierte, den wir jedoch aufmerksam verfolgten, da wir nicht ganz begriffen, was da vor sich ging, nicht einmal Victoria. Wie gebannt sahen wir der Frau und den Männern, die sie anstarrten, zu.

»Sicher ein Fruchtbarkeitstanz«, sagte Victoria, doch mir schien, meine Schwester irrte sich, denn die Frau stellte weder den Regen noch die Ernte dar, sondern etwas, das die Anwesenden, durchweg Männer mit sonnengegerbter Haut und zu vielen Falten im Gesicht, in Erregung versetzte. Unter denen, die der Frau zusahen, saß ein Mann mit einer riesigen Hakennase, die größer wirkte, als sie war, da er sehr kleine Augen und keine Zähne mehr hatte. Er schien fast nur aus dieser Nase und einem Mund zu bestehen, mit dem er ständig an einer Wasserpfeife zog, und während er daran zog, sah es aus, als wollten dem Mann die Augen übergehen.

Ich glaube, die Flüssigkeit in der Wasserpfeife war dieselbe, die Chaim durch die Adern strömte, als er mit den anderen vor Mindele tanzte, und sie verstand das irgendwie und tanzte daraufhin zwei Sekunden für Chaim, mehr nicht, denn sie war jetzt verheiratet und durfte, wie Victoria, der nichts entging, später bemerkte, nicht zulassen, dass der Teufel sie in Besitz nahm, sondern nur ihr Ehemann. Von dieser Version meiner Schwester leitete meine Mutter die absolute Notwendigkeit ab, die Bücher zu verstecken, die meine Schwester las, was sie dann aber doch nicht tat. Als Victoria das sagte, verschwand sie lediglich für eine ganze Weile in die Küche.

Als sie sich wieder an den Tisch setzte, sprachen wir schon nicht mehr über Mindeles Hochzeit und Onkel Chaim, sondern über Herrn Sudit, der krank war, auch wenn er es nicht wahrhaben wollte; er solle sich schonen, weniger Zeit in der Fabrik verbringen und lieber zu Hause bleiben. Doch da war er nicht gern, weil er unter der Leere litt, die der Tod seiner Frau hinterlassen hatte, vor allem im Wohnzimmer und im Esszimmer, wo sie, während er Wodka trank oder von Frankreich sprach, immer Tomaten für ihn geschnitten oder ihm die jiddischen und russischen Bücher sortiert hatte, wobei Letztere alle verflucht waren, sodass er sie sofort drängte, sie zuzuschlagen und in eine Kiste zu tun, die er die »Kiste der schrecklichen Tage« nannte, aber weder wegwarf noch verschenkte, da man sich das Böse stets vor Augen halten müsse.

Zu Hause zu bleiben hätte Herrn Sudit nur noch kränker gemacht, und wir fragten uns, was wir mit ihm nur tun sollten, denn manchmal war er sehr blass und konnte sich kaum bewegen, oder wir hörten ihn im Badezimmer irr vor sich hin reden, etwa wenn er sich die Hände wusch, um sich mit uns zum Essen an den Tisch zu setzen. Es überkam ihn, wann immer er in die Nähe von Wasser geriet, und obwohl Herr Sudit krampfhaft versuchte, sich nichts anmerken zu lassen, verriet er sich am Ende unweigerlich selbst. Und er fing an, in seinem Kauderwelsch aus fremden Sprachen zu delirieren und Szenarien zu beschreiben, die wir nirgendwo sahen, oder sich mit unsichtbaren Rabbinern über irgendeine Stelle im Talmud zu unterhalten, die mit seinen schrecklichen Erfahrungen in Russland zu tun hatte, als sie hungern mussten, seine Frau eine Fehlgeburt erlitt und nicht nur ein totes Kind gebar, sondern auch ihren Leib für immer verschloss.

»Was hat Doktor Schmulson gesagt?«, fragte meine Mutter.

»Nichts. Oder doch: Dass er so wenigstens nicht leiden

wird, wenn es zu Ende geht«, erwiderte mein Vater scheinbar leichthin.

Und was meine Mutter in der Küche machte, nachdem Victoria auf die zwei Sekunden angespielt hatte, in denen Mindele sich Chaim hingegeben hatte, haben wir nie erfahren. Heute glaube ich, meine Mutter hat gespürt, dass Asmodäus um unsere Familie schlich, und hat ihn vielleicht mutig dazu aufgefordert, sich zu zeigen, während sie Knoblauch hackte, doch der gewiefte Dämon hat sie nur ausgelacht. Vielleicht hat sie auch Astaroth heraufbeschworen, doch sicher vergeblich, da dieser Dämon schon mehrmals bei uns zu Hause niedergerungen worden war und sie nicht wollte, dass ihm mein Vater schon wieder das Kreuz brach, man weiß ja, wie Erfinder mit mathematischen Formeln über Dämonen herfallen. Bei uns zu Hause wurde selten über Teufel und Dämonen gesprochen, doch ich hatte mehrmals gesehen, wie meine Mutter im Beisein von Zoila etwas über sie gelesen hat. Danach sahen beide sehr erschrocken aus. Und mein Vater machte sich, wenn von Dämonen die Rede war, darüber lustig, indem er sie laut anrief. Wir scherten uns also nicht wirklich darum, ob sie da waren oder nicht, aber manchmal musste man sie eben zur Ordnung rufen.

Das mochte in der Küche geschehen sein in Folge der zwei Sekunden, in denen Mindele für Chaim getanzt hatte, ein Tatbestand, über den meine Schwester, um meine Mutter nicht weiter aufzuregen, kein Wort mehr verlor.

9

Durch die Heirat von Reuvén und Mindele war die Witwe wie verwandelt und wirkte sogar jünger als ihre Töchter, nicht körperlich, aber in der Art und Weise, wie sie die Dinge anpackte. Sie begann eine rote Perücke und bunte Kleider zu tragen und führte in ihrem Laden neben den Büchern nun auch klassische Schallplatten, sodass sie, während mein Onkel Chaim Bücher verkaufte, Mozart und Beethoven erschallen ließ und ununterbrochen mit ihren Kunden telefonierte, um sie in den Laden zu locken. Die Heirat ihrer Tochter gab ihr die nötige Energie, um das Geschäft wieder zum Laufen zu bringen und sogar auszubauen, und Chaim hatte alle Mühe, mit der Bedienung und Belieferung der vielen Kunden nachzukommen.

»Wie wäre es, wenn du Reuvén bitten würdest, mir im Laden zu helfen?«, schlug er der Witwe vor.

»Faulpelz«, antwortete sie, es war jedoch nicht böse gemeint, sondern scherzhaft. Denn sie ärgerte sich über nichts mehr, sondern versuchte alles mit Humor zu nehmen, wie Victoria festgestellt hatte, die es bei Tisch erwähnte und Herrn Sudit klarzumachen versuchte. Doch der hatte schon sehr eingefallene, gerötete Augen, die aussahen, als schwämmen sie in Öl, und interessierte sich nicht für die Witwe, sondern nur noch für seine Delirien, an denen er immer größeren Gefallen fand und die er nun nicht mehr zu unterdrücken oder zu verbergen versuchte. Er ließ sie einfach zu, egal wo er gerade war, sodass wir Zeugen wurden, wie er sich mit seiner toten Ehefrau unterhielt oder mit dem Rabbiner aus Rumänien diskutierte, wohin er einmal anlässlich der Beschneidung eines Neffen gereist war und wo er das einzige Mal in seinem Leben unendlich glücklich gewesen wäre, wie er uns schon oft erzählt hatte. Da habe er endlich jemanden gehabt, der ihm ein Kaddisch beten würde, wenn er sterbe. Meine Mutter war davon nicht sehr angetan.

»Beim Essen spricht man nicht vom Tod«, sagte sie.

»Er hat nicht vom Tod, sondern von Rumänien gesprochen«, bemerkte mein Vater und versuchte das Gespräch auf Herrn Sudits Reise in dieses Land zu lenken, »das schönste Land der Welt, doch leider in den Händen der Kommunisten«, doch der Aufstand der Engel bliebe sicher nicht mehr lange aus und dann würden Stalins Genossen in Schwefel brennen, von Nägeln durchbohrt und von Lepra und Pest heimgesucht werden.

Von seiner Reise nach Rumänien besaß Herr Sudit vier Fotos, zwei von ihnen vergrößert, auf denen er an der Seite von Rabbi Rosen zu sehen war, einem Mann mit langem weißen Bart und schwarzem Hut. Man konnte darauf nicht erkennen, ob Herr Sudit wirklich mit dem Rabbi befreundet war oder dieser nur eingewilligt hatte, sich mit ihm fotografieren zu lassen, doch es war der Beweis dafür, dass er in Rumänien gewesen war und dass er sich dort mit jemand Wichtigem über den Talmud und die Thora unterhalten hatte, mit jemandem, der etwas von verborgenen Bedeutungen verstand und der sich nicht über die Errungenschaften des Volkes Israel in der Bibel lustig machte wie wir hier, sondern Moses Rabenu, unseren Lehrer Moses, pries und bestätigen konnte, wie mächtig die Worte gewesen waren, die Abraham gehört hatte. Und worüber er mit dem Rabbi Rosen gesprochen hatte, das wiederholte Herr Sudit wieder und wieder bei uns zu Hause und in der Synagoge, um zu zeigen, dass weise Worte nur oft genug wiederholt werden müssten, damit sich die Weisheit auch zu den Taubsten einen Weg bahne.

Er tat das natürlich auch, um unseren Rabbi fühlen zu lassen, dass nicht dieser das letzte Wort hatte, auch wenn er dazu eingestellt worden war, zu beten und die Kinder zu unterrichten, sondern er, Herr Sudit selbst, der sich für den Gründer der Gemeinde hielt und am besten zu wissen meinte, wie man auf Jiddisch-Hebräisch betete – aus seinem Mund ein Kauderwelsch, das wie ein ständiges Schmatzen klang.

In dieser Haltung (oder besser Auseinandersetzung) wurde er von den Alten der Gemeinde unterstützt, und das hieß, was Herr Sudit sagte, galt als absolute Wahrheit, was ihm erlaubte, immer auf der Bima zu stehen und, während der Rabbi aus den Rollen las, die Seite zu nennen, auf der sich das entsprechende Gebet befand. Und auch dort auf der Bima hatte Herr Sudit, als er krank wurde, deliriert, und eines Tages behauptete er, heute müsse man singen und nicht beten. Als er das zum wiederholten Male tat, nahmen Chaim und der Verwalter der Synagoge, ein Mann aus Istanbul, Herrn Sudit am Arm und führten ihn zu Doktor Schmulsons Platz, damit der entschied, was mit ihm zu tun war. Die Betenden verfolgten die Szene mit feuchten Augen, selbst der Rabbi, der Herrn Sudit immer als unumgängliche Störung, so etwas wie die Helligkeit, wenn man eigentlich noch schlafen will, empfunden hatte.

»Wenn er meint, dass wir nicht beten, sondern singen sollen, tut, was er sagt. Diesem Mann verdanken wir, dass wir nicht zu den zehn verlorenen Stämmen gehören«, sagte der Doktor und starrte auf das Gebetbuch, während sich seine rechte Hand wand wie der Hals einer Gans, die irgendetwas herunterzuschlucken versucht, das ihr in der Gurgel feststeckt. Herr Sudit, den Tallit noch immer über die Schultern gehängt und mit dem faltigen Zeigefinger auf die Seitenzahl des Buches in seiner Hand weisend, blickte ihn an wie einer, der gehängt werden soll.

»Delirien«, sagte mein Vater oft, »sind zweite Wirklichkeiten, Räume, durch die wir wandeln, wenn wir schlafen. Und da wir nicht genau wissen, wann wir wach sind und wann wir schlafen, weil beim Letzteren das Erstere möglich ist, kann Delirieren gelegentlich das Richtige sein.« Victoria begann daraufhin von der Bedeutung der Träume zu sprechen und von Sigmund Freud, der nicht schwer zu verstehen sei, wenn man ein gutes Lexikon zur Hand habe. Wenn meine Mutter sie so reden hörte, rief sie aus: »Der Vater spinnt, die Tochter spinnt! G-tt sei mit uns!«, und schloss: »Einen Mann für dieses Kind zu finden, wird ein so großes Wunder sein wie die Überquerung des Roten Meeres.«

Als wir später zu spüren begannen, dass sich das Wort Liebe (oder vielmehr die Vorahnung, dass dieses Wort da war, und zwar nicht wie ein Weg, sondern wie glühende Kohlen, die darauf warteten, beschritten zu werden) in eine Schlingpflanze verwandelt hatte, die sich unser Zuhause einzuverleiben drohte, obwohl wir es nie aussprachen, sondern darauf zu warten schienen, dass sich uns die

Dinge offenbarten wie dem Moses Rabenu am Berg Sinai, konnte sich meine Mutter auf einmal nicht mehr daran erinnern, was sie über die Verheiratung meiner Schwester gesagt hatte. Und sie erblickte in Victorias Freud-Lektüre eine Art Rettungsanker. Womöglich war in diesem Buch das frische Wasser zu finden, in dem wir unsere Hände gern an Jom Kippur waschen würden, ein Wasser, das die Sünden von uns nähme und im Schlamm versenkte.

»Erzähl uns, was da drinsteht«, bat meine Mutter.

»Dass sich die Psychoanalyse irrt«, antwortete Victoria und sah Rivka an, die in diesen Tagen stets einen Vorwand fand, um bei uns am Tisch zu sitzen, da sie sich an ihrem eigenen fremd fühlte. Irgendetwas lag zwischen ihr und meinem Onkel in der Luft, doch sie wusste nicht was. »Es wird der sich öffnende Leib sein, der auf die Befruchtung wartet«, sagte meine Mutter.

Doch vielleicht war es nicht das, sondern etwas, das wir alle spürten, ohne darüber zu reden. Deshalb nickte Chaims Frau. In den Büchern von Freud war nichts darüber zu finden, was bei uns vor sich ging.

»Du liest also, um dich interessant zu machen«, sagte meine Mutter sarkastisch und fügte hinzu: »Wenn ihr keine Zwiebeln esst, gibt es bei uns nie wieder Zwiebeln.« Das sagte sie sehr traurig.

»Ich lese, damit ich nicht den heiraten muss, den du für mich aussuchst«, antwortete Victoria und konnte den Arm nicht mehr wegziehen, als meine Mutter sie kniff.

»Zuerst esst ihr die Zwiebeln auf!«, befahl mein Vater wütend. Er sagte das mit dem Mund voll Zwiebeln. Wir hielten uns die Hände vors Gesicht, damit er uns nicht lachen sah.

10

Eine Liebesgeschichte ist eine Karawane, die durch die Wüste wandert. Sie bewegt sich ebenso voran, ist zudem voller Geheimnisse und riecht nach Zimt und Haschisch. Und ihre Führer folgen in sich gekehrt den Routen der Algebra oder den Worten des Muezzin, der zum Gebet und zum Kampf ruft. Aus diesem Grund kann die Karawane im Sand verweht werden oder sich in Gesang verwandeln, in ein Gedicht oder in eine Horrorgeschichte. Dies begannen wir bei uns zu Hause allmählich zu ahnen, ohne darüber bei Tisch zu reden oder auch nur zu versuchen, es anhand des Beispiels eines unserer Vorfahren oder mithilfe der bekannten Geschichten zu erklären. Jeder versuchte auf seine Weise zu verstehen, was da geschah, was wir spürten, ohne es zu sehen, und keiner von uns fand eine klare Antwort.

Wir waren dankbar dafür, dass unsere Großmutter mütterlicherseits nicht da war, denn sie hätte jede Spur des Wortes Liebe getilgt und es durch das Wort Dekadenz oder den Ausdruck »Arme-Leute-Geschichten« ersetzt, »wirres Zeug, das Leute erfinden, die es nie zu etwas bringen und sich deshalb allen möglichen Unsinn ausdenken.« Dann hätte sie meinen Vater angesehen wie ein Schwergewichtsboxer, der sich über einen schmächtigen Zuschauer lustig macht. Was meine Tanten angeht: keine Ahnung. Bestimmt bekamen die Schwestern meiner Mutter eine

Gänsehaut, als meine Mutter ihnen davon schrieb. Meine Mutter schrieb ständig irgendwelche Briefe, in denen sie von den belanglosesten Dingen berichtete, sodass sie die Sache mit der leidenschaftlichen Liebe gewiss nicht unterschlagen hat, auch wenn doch gar nicht klar war, was da vor sich ging, vielleicht handelte es sich ja gar nicht um leidenschaftliche Liebe, sondern um eine Folgeerscheinung der Hitze und des Regens, der zunehmenden Geldknappheit und der allgemeinen Überarbeitung: Chaim beschwerte sich bei Rivka, dass ihn die Buchhandlung überfordere; auch mein Vater war überarbeitet, gab es aber nicht zu, sondern kam mit einer Menge von Berichten, die er noch zu schreiben habe, nach Hause und verschwand bis nach Mitternacht in seiner Werkstatt, sodass ihm seine Erschöpfung zunehmend anzusehen war; und in unserer Küche sammelte sich auf mysteriöse Weise der Schmutz, weshalb sich Zoila und meine Mutter gezwungen sahen, ununterbrochen Töpfe und Pfannen, Waschbecken und Haushaltsgeräte zu schrubben.

Das Wort Liebe, wenn es das war, verwirrte uns und brachte alles durcheinander. Ich weiß natürlich nicht, ob meine Tanten in Spanien es genau so verstanden wie meine Tante Lia, die Schwester meines Vaters. Wie meine Großmutter waren diese Frauen ja schon einiges von uns gewöhnt, und wahrscheinlich war das, was da vor sich ging, für sie nichts anderes als eine weitere der Sünden, wie sie bei uns ständig begangen wurden. Für meine Tante Lia hingegen stellte die Tatsache, dass sich Mindele auf ihrer Hochzeit zwei Sekunden lang meinem Onkel Chaim angeboten hatte, denn das war alles, was wir bis dahin wussten, lediglich etwas Schönes, Tragisches dar. Sie kannte viele

Romanzen auswendig, und da war von großer Liebe und auch von großen Tragödien die Rede. Und davon, dass zwei tief empfundene Sekunden wertvoller waren als ein ganzes Leben.

»Es hat sie einfach gepackt«, meinte Lia bei ihrem letzten Besuch, wenige Tage bevor sie nach London abreiste.

»Fürchterlich gepackt«, bemerkte Victoria, darauf bedacht, dass meine Mutter sie nicht hörte.

»Du bist eine Kanalratte«, sagte meine Schwester Marta.

»Und du ein Abflussrohr«, erwiderte Victoria. Meine Schwester zog sehr seltsame Vergleiche, über die wir immer lachen mussten. Sie hatte den Hang zum Absurden von meinem Großvater mütterlicherseits geerbt. (Meine Mutter – die wieder schwanger war, was sie uns noch nicht gesagt hatte, doch wir hatten gesehen, wie sie sich übergeben musste – hatte von ihm vermutlich den Humor und die Geduld geerbt.)

So lustig wir es anfangs fanden, dass zwei Sekunden, in denen sich Mindele Chaim angeboten hatte, schon die ganze Geschichte einer verbotenen Liebe darstellen sollten, machte es uns auch Angst. In erster Linie meiner Mutter, die diese Angst dann auf uns übertrug mit ihren Wutanfällen, die uns fürchten ließen, unser nächstes Geschwisterchen könnte nicht zur Welt kommen, denn, wie Victoria wusste, ein falscher Schritt, ein unterdrückter Kummer, Schlafmangel, all das konnte dem Fötus schaden. Rivka spuckte sich in die Hand, damit ja nichts passiere.

»Zwei Sekunden können ein Diamant sein«, sagte Tante Lia und bat meinen Vater, sie nie zu vergessen.

»Warum sollte ich dich vergessen?«

»Ich weiß nicht. So wie man Tote vergisst.«

»Aber du bist doch gar nicht tot«, sagte mein Vater belustigt.

»Natürlich nicht«, sagte Lia und spielte mit einem Teelöffel.

In letzter Zeit schminkte sie sich die Lippen rosa und hatte eingefallene Augen. Und ihre Hände, die sie sehr pflegte, waren faltig und ein wenig trocken. Ihre Geschäfte liefen schlecht; deshalb hatte sie beschlossen, nach London zu ziehen. Sie teilte das so wild entschlossen mit, dass sich niemand traute, Fragen zu stellen.

Als sie weg war, versuchten wir uns so an sie zu erinnern, wie sie vor unserer Reise nach Jerusalem gewesen war, immer fröhlich und voller Energie. Nach Mindeles Hochzeit, was Zufall sein konnte, vielleicht aber auch in einem seltsamen Zusammenhang stand, so wie Dinge manchmal parallel laufen und sich dennoch irgendwo in einem Punkt treffen, obwohl das eine nichts mit dem anderen zu tun hat, kam Tante Lia plötzlich nur noch selten zu Besuch und sah nicht mehr so glücklich aus. Und dieses letzte Mal sprach sie davon, dass sie wegziehen wolle und gerne heiraten würde, obwohl meine Mutter derart mit den Gläsern schepperte, dass wir weder verstehen konnten, wen, noch wo. Dann war sie weg. Wie diese zwei Sekunden zwischen Mindele und Chaim, war das, was meine Tante gesagt hatte, schön und tragisch. Und so behielt es mein Vater in Erinnerung.

II

Reuvén Toledos Bruder, der Zigeuner, wurde ein weiteres Mal bei uns am Tisch heraufbeschworen, und zwar eher zufällig bei einem Gespräch über Barcas und die Pläne für die Brotfabrikmaschine, die mit ihm verschwunden waren. Denn während wir über Barcas sprachen, kam uns der Gedanke, er könnte meinen Vater reingelegt, die Maschine als seine Erfindung ausgegeben und das Geld vielleicht schon kassiert haben, das eigentlich uns gebührte, uns also bestohlen haben, doch mein Vater ärgerte sich sehr über das Wort Diebstahl, er fand, wir dürften seine Maschine nicht mit kriminellen Wörtern in Verbindung bringen, wenn wir wollten, dass sie eines Tages funktionierte, auch wenn Reuvén Toledo von moderneren und praktischeren Maschinen wusste.

Und da die Stimmung bei Tisch immer unbehaglicher wurde und in so einem Fall stets kleine Dämonen auftauchen, die dazu anstacheln, über weitere ärgerliche Dinge zu sprechen, fing Rivka an, über ihren Schwager zu reden, der zu oft Karten spiele, statt in der Buchhandlung auszuhelfen oder sich wenigstens eine andere Arbeit zu suchen.

»Meine Mutter gibt ihm viel Geld, und er verspielt es«, sagte Rivka, wobei sie die Salatblätter auf ihrem Teller ansah, als spräche sie mit ihnen. Man merkte, dass sie sich oft mit Chaim stritt und er dabei zusehends abbaute, denn er war nicht mehr der, der er mal gewesen war, mit seiner

Erfindungsgabe und den Geschichten über so viele Dinge, die es gar nicht gab, jedoch durch ihn zum Leben erweckt wurden und von da an für uns existierten und sich in unsere Familienenzyklopädie einschrieben, die akribisch von meiner Schwester Marta verfasst wurde, die mächtig große Ohren und eine schöne Schrift hatte. So würden wir einmal nachlesen können, dass es eine Stadt gab, in der die Frauen nur ein Auge hatten, oder Tiere, die besser sprechen konnten als Menschen, jedoch vor Kummer starben, wenn man sie einfing. Und in jeder dieser märchenhaften Geschichten spielte mein Onkel eine Rolle. Doch seit Längerem sprach Chaim über nichts anderes mehr als über Geschäfte und dass es immer schwieriger werde, Bücher zu verkaufen, weshalb er daran denke, Importeur zu werden, obwohl er nicht wisse, was er importieren solle, und darum schreibe er an seine Freunde im Ausland, damit sie ihn auf Ideen brächten oder ihm irgendetwas anböten, was er importieren könne. Rivka ärgerte sich über das, was er sagte.

»Du bist so undankbar!«, sagte sie auf den Salatteller blickend.

»Ich bin nur realistisch. Mit der Buchhandlung kann man keine große Familie ernähren.«

»Natürlich kann man das. Meine Mutter ist auf die Idee mit den Schallplatten gekommen. Du könntest dir auch etwas einfallen lassen.«

»Vielleicht okkultistische Bücher verkaufen. Die Leute lesen so was gern«, schlug Victoria vor, und Rivka sah vom Teller auf.

»Halt lieber den Mund«, sagte meine Mutter. »Du wirst mich noch mal ins Unglück stürzen.«

»Sag so was nicht zu ihr«, schaltete sich mein Vater ein, der seit Mindeles Hochzeit und Lias Abreise nur noch das Nötigste sprach und die meiste Zeit in seiner Werkstatt saß, wo er die Pläne für die Brotfabrikmaschine überdachte, allerdings, wie meine Schwester Marta behauptete, nicht, indem er die alten Pläne überarbeitete, sondern indem er neue Zeichnungen anfertigte, aber keine technischen, sondern eher kleine Landschaften, auf denen oft eine frei schwebende Orange zu sehen war.

»Ich sage, was ich will, es sind meine Kinder«, erwiderte meine Mutter. Wenn sie von Victoria sprach, nannte sie sie immer Kind statt Tochter, für sie war sie eher ein Junge als ein Mädchen, obwohl Victoria schon einen Busen bekam.

»Ruhe, lasst uns die Ruhe willkommen heißen«, sagte Chaim und sah seine Frau an. Und als Rivka merkte, dass er sie ansah, sagte sie: »Lasst uns also die Ruhe willkommen heißen.« Und während sie das sagte, rückte sie den Salatteller von sich ab und nahm die Hand ihres Mannes. Diese Geste beruhigte uns alle, da Rivka, indem sie sich von den Salatblättern abwandte, einstweilen auch das bittere Kraut herausriss, das an unserem Tisch zu sprießen begonnen hatte.

»Nächsten Sabbat essen wir bei mir«, sagte Rivka und lenkte damit das Gespräch auf die Gerichte, die wir dann essen würden, denn bei unserer Tante wurde nicht sephardisch, sondern aschkenasisch gekocht. Wir Kinder konnten uns auf ein köstliches Abendessen freuen, nicht wegen des Essens an sich, sondern weil Rivka immer eine Menge Süßigkeiten und Kekse für uns auf den Tisch stellte, die sie in einem Feinkostladen kaufte, wo alles importiert war.

»Und ich bringe euch den Beduinentanz bei«, sagte Chaim. Und meine Mutter lächelte darüber.

»Willkommen Ruhe«, sagte nun auch mein Vater und sah Victoria an. »Was macht dein Englisch?«, fragte er sie.

»Nichts«, antwortete meine Schwester. Wann immer der Name Barcas fiel, bekam sie schlechte Laune.

Bei jenem Essen, an dem Rivka auf die Salatblätter starrte, war etwas passiert, und schließlich machten wir uns über Barcas lustig, der, wie mein Bruder Joaquín sagte, bestimmt glaubte, dass wir nach ihm suchten, und deshalb mit einem riesigen schwarzen Hut über dem Gesicht durch die Welt ging und einem Mantel, der ihm bis zu den Knöcheln reichte, denn ein Dieb zu sein, ist schlimmer, als einen Krieg erlebt zu haben.

»Und der Mantel ist bestimmt feucht, sodass Barcas dauernd hustet und ihm die Knochen wehtun«, sagte meine Schwester Marta, und alle lachten. Und als meine Schwester Clara sagte: »Und im Gesicht hat er Schimmel«, mussten wir noch mehr lachen.

»Und Reuvén Toledos Bruder, der Zigeuner, folgt ihm auf dem Fuße«, sagte Rivka, die allmählich von uns lernte.

»Man darf sich über niemanden lustig machen«, sagte meine Mutter. »G-tt will, dass jeder das Leben führt, das er hat.« Dann sah sie Chaim an, der fragend zurückblickte. »Rivka, hilf mir bitte in der Küche.«

»Diese beiden Frauen sind vollkommen übergeschnappt«, sagte Onkel Chaim.

»Wer hier übergeschnappt ist, das bist du«, lachte mein Vater.

»Vielleicht«, erwiderte Chaim und fing an, mit den Fingern seiner rechten Hand über den Tisch zu laufen. »Stellt euch vor, das ist Barcas. Er läuft ganz schnell, die Pläne unterm Arm, doch die Pläne verwandeln sich in Würstchen aus Schweinefleisch, und als er um die Ecke biegt, trifft er den Rabbi. ›Warum trägst du Schweinefleischwürstchen unter dem Arm?‹ – ›Weil ich ein Schwein bin, Rabbi. Oink, oink.‹ Da drückt ihm der Rabbi den Hut herunter bis zu den Schultern, und Barcas dreht und dreht sich da an der Ecke wie ein Propeller.«

»Aber warum bewegst du denn alle deine Finger, Onkel Chaim? Hat Barcas etwa fünf Beine?«, fragte meine Schwester Marta.

»Ja, er hat sich in eine Spinne verwandelt. Schau!« Und Chaims Hand begann über unseren Köpfen spazieren zu gehen.

In jenen Tagen war es morgens sehr frisch, und es regnete viel. Jede erdenkliche Liebesgeschichte wäre in trüben Farben dahergekommen, die Schleimspur einer Schnecke hinter sich herziehend.

12

Was Mindeles Hochzeit allerdings unverkennbar mit sich brachte, war die gute Verfassung der Witwe, denn die Frau wirkte nicht nur gesünder und fröhlicher, sondern sie war risikofreudig geworden, so als ob sie mehr als genug Geld zur Verfügung hätte und es auf Verluste nicht ankam. Sie eröffnete in der Calle Palacé, in der auch die Buchhandlung war, einen kleinen Knopf- und Garnladen und setzte die Indiofrau als Verkäuferin ein.

Es gab dort Knöpfe in allen Größen, Formen und Farben. Aus Horn, Plastik und Metall, stoffüberzogen, handbearbeitet oder maschinengepresst. Und die Indiofrau war ganz hingerissen von dieser Welt aus lauter winzigen Dingen, deren Preis sie bestimmen durfte, nachdem sie ihn mit Mindeles Mutter diskutiert hatte. Die brachte ihr mühsam das Handeln bei und dass man einen Knopf in erster Linie als einen unbekannten Juwel ansehen müsse, als eine Art Smaragd in verschiedenen Ausführungen. Ein Knopf sei nicht nur ein Knopf, sondern der Schlüssel zu Form und Schönheit eines jeden Kleides, edler Verschluss und Verführungsprinzip, das die Frau, die ihn kaufe, erstrahlen lasse. Anfangs sah die Indiofrau sie erstaunt und belustigt an, denn sie hatte noch nie gehört, dass in einem Knopf oder Garn so viele Geheimnisse stecken sollten, doch allmählich lernte sie das Geschäft kennen, lernte die Kunden zu bedienen, die Einnahmen in ein kleines Buch zu schreiben, am Abend aufzulisten, was sie alles verkauft hatte, und es mit dem, was noch da war, abzugleichen.

»Du wirst nicht ewig arm bleiben«, sagte die Witwe zu der Indiofrau.

»Also werde ich einmal reich sein?«, fragte die Frau.

»Nein, das auch nicht. Da hättest du nichts als Sorgen«, sagte die Witwe, spielte mit den Knöpfen, als setzte sie Jetons beim Roulette, und blickte Chaim an, der Zeuge dieser Lehrstunden war. Mein Onkel war zwar nicht ihr Lieblingsschwiegersohn, hatte aber eine beruhigende Wirkung auf sie. Chaim führte die Buchhandlung gut, kannte sich inzwischen auch mit dem Schallplattengeschäft aus, verstand etwas von Rechnungswesen und Einkauf, und er diente in gewisser Weise als Schutzschirm gegen Reuvén Toledos ständige Forderungen, denn der Mann kam regelmäßig gegen elf Uhr morgens in die Buchhandlung und sagte: »Ich habe eine brillante Idee.« Und diese brillante Idee, die er nie zu konkretisieren vermochte, bildete den Auftakt für seine Bitte um Geld, das er dann am Abend verspielen würde.

»Beim Kartenspiel kann ich mich so gut erholen«, sagte Reuvén oft.

»Du siehst aber gar nicht müde aus«, entfuhr es Chaim dann.

»Mein Liebling ist bestimmt müde, er ist ja so ein guter Ehemann«, sagte die Witwe. Und zu meinem Onkel: »Dir ist bestimmt schon aufgefallen, wie glücklich Mindele ist.« Doch Chaim, der, wie wir jedenfalls annahmen, Mindele nur bei den Abendessen am Sabbat sah, war das mitnichten aufgefallen. Wie wir sah er nur, dass sie wortkarg und dicker geworden war. Sie sprach kaum und starrte meist wie hypnotisiert auf einen fixen Punkt, als sei sie gar nicht sie selbst, sondern eine Wachsfigur, die an ihrer Stelle mit uns am Tisch saß.

»Woran denkst du?«, fragte Rivka sie einmal.

»Daran, dass ihr nach Jerusalem gefahren seid und ich noch nicht.«

Doch was sie dachte, hatte überhaupt nichts mit Jerusalem oder mit uns zu tun, was nur Chaim allmählich aufging. Und jeden Sabbat bei uns zu Hause sahen wir, wie er sie aufmerksam beobachtete, vor allem, wenn sie sich ein Stück Brot abbrach oder den Löffel hob, um etwas Suppe zum Mund zu führen. Mein Onkel gab sich alle Mühe, sie möglichst unauffällig und flüchtig anzusehen, und sprach dabei über eine Begebenheit, die ihm im Buchladen passiert war oder auf einer seiner Reisen, um keinen Konflikt heraufzubeschwören, denn sobald Rivka merkte, dass er zu Mindele sah, wurde ihr unbehaglich zumute. »Manche Dinge kann man einfach nicht verbergen«, sagte meine Mutter später zu Zoila.

»Du kannst doch nach Jersualem fahren, wann immer du willst«, sagte Rivka und sah ihre Mutter an, die sich für jedes Essen am Sabbat wie eine Grande Dame aus Bukarest kleidete, wie Reuvén Toledo sagte. Er setzte sich stets neben sie, um ihr jeden noch so kleinen Wunsch zu erfüllen. Diese nickte bestätigend mit dem Kopf, besser gesagt mit dem riesigen Hut.

»Und mit Reuvén würdest du bestimmt viel Spaß haben, er kennt die Stadt schon«, sagte sie.

»Oder auch nicht«, murmelte Chaim.

Aber manchmal wurden auch keine Fragen an das Sitzbild Mindele gestellt, wie Victoria zufolge die Bezeichnung für sitzende Statuen war und wie sie Rivkas Schwester scherzend nannte, was ihr mal wieder einen Rüffel meiner Mutter einbrachte. Meine Schwester zuckte mit den Achseln und sagte als Erste den Satz, den niemand hatte sagen wollen: »Mindele blutet das Herz, wenn sie mit uns am Tisch sitzt.« Und obwohl sie »uns« sagte, verstanden wir alle »Chaim«. Und da Rivka gerade aufgestanden und in die Küche gegangen war, hätte der Schatten, der sich auf uns herabsenkte, nicht finsterer sein können.

Wie Zoila erzählte, hatte auch die Indiofrau keine Ahnung davon, was eine Liebesheirat sein sollte. In ihrem Dorf wurde man schon als Kind für die Ehe versprochen, und wenn dann Hochzeit gefeiert wurde, schienen alle sehr glücklich, und diese Freude war für die Indiofrau die Liebe. Sie hatte sie empfunden, bevor sie vor der Gewalt aus ihrer Heimat in die Stadt geflohen war.

»Und dein Mann?«, fragte Zoila.

»Ist mit einer anderen abgehauen. Meine Freude gefiel ihm nicht«, antwortete die Indiofrau und lächelte. Ihre Liebe galt nun den Knöpfen und dem Nähgarn, dem Raum, den sie in dem kleinen Laden ausfüllte, und den gelegentlichen Verabredungen mit einem Mann, über den sie nicht sprach.

»Am Ende wird man sie noch schwängern«, sagte Zoila zu meiner Mutter.

»Arme Frau.«

»Ich hab ihr gesagt, sie soll viele Zitronen essen, wenn sie mit diesem Mann zusammen ist.«

»Woher weißt du denn so was?«, frage sie meine Mutter lachend.

»Ich war nicht immer alt, Señora«, sagte Zoila und steckte sich eine Zigarette an.

»Mit deinem Gequalme ruinierst du den Fleischgeschmack«, sagte meine Mutter. Meine Schwester Marta, die hinter der Tür gelauscht hatte, tat, als wäre sie gerade erst in die Küche gekommen.

»Ich habe Hunger«, sagte Marta.

»Du kriegst nichts, zur Strafe, weil du gehört hast, was du nicht hören sollst«, sagte meine Mutter.

»Ich habe nichts gehört.«

»Hunger hast du jedenfalls keinen, herzallerliebstes Gör! Ich habe keine Kinder, sondern Spitzel geboren.« Zoila lachte bei diesen Worten meiner Mutter. Marta hatte nämlich die Gabe, alles zu hören, und die Tugend, nicht lügen zu können. Wenn sie log, senkte sie den Blick und steckte die Hände tief in ihre Schürzentaschen.

13

Was geschehen war, als sie in New York verschwunden war, erzählte Mindele meinem Onkel Chaim. An einem Nachmittag, an dem die Witwe im Knopfladen zu tun hatte, tauchte Mindele in der Buchhandlung auf. Es war sehr heiß an diesem Tag und gerade kein Kunde da, also eine günstige Gelegenheit für meinen Onkel, die Frau nicht anzusehen wie ein Schwager, sondern wie jemand, der verzweifelt an eine Tür klopft. Und Mindele öffnete ihm.

»Du bist ein Abenteurer«, sagte Mindele. »Und vielleicht nur eine Erscheinung. So viele Dinge sind uns passiert.« Sie sprach langsam, und ihre Stimme war wie ein sanft dahingleitender Kahn.

»Ja, ich bin ein Abenteurer«, sagte mein Onkel und nahm Mindele an der Hand, um sie zu seinem Schreibtischstuhl zu führen.

»Es könnte jemand kommen«, sagte die Frau. Sie trug ein Kleid mit Blümchenmuster und an den Füßen Stoffschuhe. Sie hatte sich leicht geschminkt, ohne die Augen zu betonen.

»Das ist unwahrscheinlich, aber wir sind ja angezogen«, sagte Chaim und fuhr sich mit der Hand durchs Haar. Damals war sein Haar noch sehr dicht und voll.

»Das meine ich nicht.« Mindele lächelte. »Ich möchte mit dir reden.«

Chaim setzte sich auf den Schreibtisch, seine Füße baumelten frei in der Luft. Es war lange her, seit er das letzte Mal so dagesessen hatte – wie ein Junge, der irgendwo draufspringen will. Als er noch klein war, hatte er sich, wie er uns mehrmals erzählte, immer auf eine Mauer gesetzt und war von dort auf die vorbeifahrenden Lastkarren gesprungen, um die Fahrer zu erschrecken, sogar auf größere Lieferwagen, die Sand oder Stroh geladen hatten. Einmal war er auf einem gelandet, der Ziegen transportierte, hatte sich seine Hose am Horn eines Ziegenbocks aufgerissen und dem Tier dabei fast den Hals gebrochen. Wie durch ein Wunder war ihm nichts passiert, der Fahrer hatte den Aufprall nicht einmal bemerkt.

»Ich höre gern den Radetzkymarsch«, sagte Mindele und sah ihm zu, wie er mit den Füßen baumelte.

»Soll ich die Platte auflegen?«

»Nicht nötig, ich kenne ihn gut. Als ich aus dem Haus meines Onkels in New York weglief, hörte ihn gerade jemand in der Straße. Die Musik kam aus einem Fenster. Und weißt du, warum ich weggelaufen bin? Um nach dir zu suchen. Ich habe dich irgendwo in New York vermutet, vielleicht auf einer Treppe zur U-Bahn oder vor dem Zoo. Obwohl ich wusste, dass du hier bist, mit Rivka zusammenlebst und später mit ihr nach Jerusalem fahren würdest, war ich mir sicher, dass ich dich finden würde. Das ist paradox, ich weiß, aber wie hätte ich das zu diesem Zeitpunkt begreifen können? Die Dinge lagen in der Luft, und ich bin einfach losgegangen, um nach dir zu suchen. Und als ich losging, erklang der Radetzkymarsch, und deshalb mag ich diesen Marsch. Ich höre ihn immer, wenn ich nach dir suche.«

»Aber jetzt bin ich doch hier, ganz in deiner Nähe«, sagte Chaim, der sich nervös hin und her wand. Er sah zur Ladentür. Noch immer brannte die Sonne, und die Straße war leer. In den Geschäften gegenüber dösten ein paar Leute vor sich hin und versuchten Siesta zu halten, andere lasen Zeitung.

»Du bist nicht hier, du bist ein Abenteurer. Aber ich werde dich weiterhin suchen, wie ich dich unter den Betrunkenen von Manhattan gesucht habe, mich mit ihnen betrinkend, doch ohne benebelt zu sein, denn ich habe dich gesehen, hinter einer Ecke, wie du in einen Bus gestiegen bist, mit den Möwen mitgeflogen bist, die Flagge auf irgendeinem Boot gehisst hast. Zwei Wochen lang habe ich getrunken, weil ich dich gesehen habe und fast anfassen konnte, bis mich jemand von der Heilsarmee irgendwohin brachte, wo man mich badete und mir eine warme Suppe gab. Und da ich nur dich suchte, sah ich weder, wer mich mitnahm, noch was ich aß, noch wie ich gebadet wurde. Die ganze Zeit erklang der Radetzkymarsch. Und in den Gesichtern der Leute, die mich ansahen und die mit mir aßen, sah ich dein Gesicht, doch ich konnte es nicht anfassen. Es ist furchtbar, dich in meiner Nähe zu haben, ohne dich anfassen zu können.«

Die Frau spielte mit den Fingern, während sie sprach. Aus einem Geschäft in der Nähe trat ein Mann mit einem weißen Hut und schien die Buchhandlung anzusteuern.

»Das ist nicht gut«, sagte Chaim, ohne näher zu benennen, was nicht gut war, und sprang vom Tisch. Er ging zur Tür und blickte auf die Straße. Die Geschäfte gegenüber glänzten in der Sonne, und der Mann mit dem Hut war verschwunden.

»Du hast gesagt, dass niemand kommt«, sagte Mindele.

»Leider bin ich kein Prophet«, erwiderte mein Onkel amüsiert. Doch er war nervös, weil er ahnte, dass Mindele wie am Tag der Hochzeit für ihn tanzte.

Als wir zu Hause davon erfuhren, blickte meine Mutter zu Boden und brachte eine ganze Weile damit zu, die roten Schuhe an ihren Füßen zu betrachten. Doch das war lange nach dem Gespräch zwischen meinem Onkel und Mindele. Während die beiden sich in der Buchhandlung unterhielten, stellte meine Mutter gerade Berechnungen in einem Heft an und schielte bereits zu dem Blatt Papier, auf dem sie danach einen Brief an meine Großmutter schreiben wollte. Wieder würde sie ihr schreiben, es gehe uns gut, und wieder würde meine Großmutter ihr zurückschreiben, sie solle sie nicht anlügen, denn an der Seite eines Mannes wie meinem Vater könne es niemandem gut gehen, und in verworrenen, scheinbar widersprüchlichen Sätzen würde sie andeuten, dass meine Mutter ihr großen Kummer bereite.

»Und du? Hast du mich auch gesucht?« Mindele hob ein wenig die Schultern, warf den Kopf zurück und sagte: »Hast du eine Zigarette?«

»Rauchen ist nicht gut«, erwiderte mein Onkel.

»Für mich ist alles gut, was schlecht ist.«

So ist die Liebe erwacht, die von unserem Onkel Chaim Besitz zu ergreifen begann und die er mit sich herumtrug wie ein Kamel, das durch die Wüste läuft, ohne zu wissen, wo es mit seiner Last landen wird, denn, wie er meiner Mutter drei Wochen später erzählte, hätte er so etwas nie für möglich gehalten. Dass meine Mutter ihn vorwurfsvoll ansah, war ihm egal.

»Was hast du mit ihr gemacht? Du Wüstling.«

»Nichts, ich habe sie nicht angerührt.« Chaim wirkte wie ein kleiner Junge, der ein oktaedrisches Röhrensystem zu erklären versucht.

»Wenn du dich Rivka gegenüber respektlos verhältst, bring ich dich um.«

»Ich werde mich ihr gegenüber niemals respektlos verhalten.« Doch Chaim hatte das längst getan, und was er meiner Mutter erzählte, war, wie wir später erfahren sollten, nur der Anfang gewesen, alles andere erzählte er nicht, sondern schwor meiner Mutter, dass nichts weiter passiert sei als die Unterhaltung mit Mindele in der Buchhandlung (und davon erzählte er auch nur einen Teil), aber die Worte nahmen einen anderen Weg und strickten ein Netz von Lügen. Rivka hatte meiner Mutter schon berichtet, dass ihr Mann sich jetzt oft in dem Zimmer einschloss, wo ihre Bücher standen, und dass sie ihn dort fluchen und nach Luft schnappen hörte, als hätte er Asthma.

»Vermutlich laufen die Geschäfte nicht so gut«, log meine Mutter. Oder vielleicht log sie nicht einmal, sondern konnte sich selbst nicht erklären, was eigentlich vor sich ging, sodass ihr »Geschäfte« das einzig passende Wort schien für die dunkle Wolke, die auf das Haus herabzusinken drohte und die auch Zoila mit ihrer gesamten Zauberkraft nicht verscheuchen konnte. Als sie von meiner Mutter davon erfuhr, sagte das Hausmädchen (Echo der Ängste meiner Mutter), dass sie Petersilienstängel verbrennen werde, denn damit könne man die Dämonen aus dem Haus räuchern.

»Ich hoffe, das ist der Grund.« Rivka sah hübsch aus und schien verjüngt.

»Erfüllt er denn seine Pflichten?« Die Frage meiner Mutter trieb Rivka die Schamesröte ins Gesicht.

14

Meine Mutter hatte meinen Vater geheiratet, weil er sie mit seinen Reden über das Ingenieurwesen und das Kino beeindruckt hatte. Und er schien nett zu sein und eine Zukunft zu haben, was meine Großmutter allerdings nicht glaubte, denn wie sollte ein Mann Zukunft haben, der Metalle und mathematische Formeln studierte, statt einen Laden zu eröffnen? Doch die Argumente des Heiratsvermittlers, der von der Welt der Technik sprach und davon, wie die Kaufläden verschwinden und von riesigen Maschinen ersetzt werden würden, die nicht nur alles Mögliche verkaufen, sondern auch herstellen konnten, wogen schwerer als die Worte meiner Großmutter. Die beharrte dennoch auf ihrer Meinung und sprach tagelang nicht mit meiner Mutter, von der sie schon behauptete, dass sie die Familie ins Unglück stürzen werde, und schlich durch das Haus in Saloniki wie eine verlorene Seele durchs Fegefeuer, doch ihre Worte und Flüche taten wenig Wirkung.

Mein Großvater, der damals schon dem Tode nahe war – es aber nicht wusste, wie sollte er auch? –, amüsierte sich sehr über das, was bei ihm im Haus vor sich ging, und über den Heiratsvermittler, der genau das Gegenteil von dem sagte, was meine Großmutter in die Welt posaunte, die in Wahrheit gar nicht wollte, dass meine Mutter heiratete, denn wer sollte sich dann um sie kümmern? Meine Großmutter, die ihr Leben lang die kleine Prinzessin geblieben war, hatte vor ihrer Hochzeit zu meinem Großvater gesagt: »Ich weigere mich, erwachsen zu werden«, doch der hatte es für einen Scherz gehalten und sich nur den Schnurrbart glattgestrichen, musste jedoch schließlich damit leben, dass sie ein kleines Mädchen blieb und ihre Töchter zu ihren Lieblingspuppen wurden, die dazu da waren, alles zu tun, was sie verlangte.

Mein Großvater sagte zu dem Ehestifter: »Sag dem jungen Mann, er soll kommen.« Und mein Vater kam und sprach mit ihm, sie tranken Kaffee und sahen sich gemeinsam ein paar Technikzeitschriften an, die mein Großvater hin und wieder kaufte, um auf dem Laufenden darüber zu sein, wie die Welt funktionierte. Und so gab er den beiden seinen Segen. Meine Großmutter traf das wie eine Sintflut.

Von ihrem Leiden erholte sie sich erst zwei Tage vor der Hochzeit wieder, nachdem vier Ärzte bei ihr lediglich eine leichte Nervenkrise hatten feststellen können und ihr ein Bad mit Duftsalzen verordnet hatten.

»Wenn sie in ihr Unglück rennt, wird sie verhungern und ist selbst schuld«, sagte meine Großmutter.

»Sie wird nicht verhungern, dafür werden wir schon sorgen. Und wenn jemand mit dem Segen seiner Eltern heiratet, dann kann von Schuld keine Rede sein.«

Meine Mutter erzählte uns, die Hochzeit sei sehr schön gewesen, und mein Großvater habe meinen Vater seinen Freunden stolz und mit den Worten präsentiert, die Familie sei nun in die Ära der modernen Technologie eingetreten.

Meine Großmutter dagegen ließ jeden, der es hören wollte, wissen, dass ihr Leben künftig von Schmerz und Verzweiflung gezeichnet sein werde. Was natürlich nicht eintraf, nicht einmal, als mein Großvater an einer Angina Pectoris starb. Meine Großmutter lebte nach wie vor in ihrem Glaskäfig zwischen Parfums, Seidenkissen und riesigen Sesseln, von wo aus sie meinen Tanten Befehle gab, die schon auf einen bloßen Wink von ihr wussten, was sie zu tun hatten. Und wenn sie ihren Käfig einmal verließ, was geschah, als meine Mutter heiratete, und immer wieder passierte, wenn sie einen Brief von uns erhielt, beschwerte sich meine Großmutter darüber, wie sich diese Welt doch drehe und alles, was sich auf ihr befand, mit ihr, fragte am Ende aber doch nach uns und nach diesem Schwiegersohn, mit dem es nicht voranging und dem sie einen Segen mit der Wucht eines Abführmittels schickte, um ihm den Teufel aus dem Leib zu jagen. Und immer, wenn meine Mutter sie um Hilfe bat, schickte sie ihr Geld, stellte jedoch klar, dass es nicht für Schrauben und Zangen auszugeben sei, sondern für warme Kleidung, Schuhe und reichlich Essen. Und meine Mutter, die schließlich von ihr großgezogen worden war, verstand sie.

Das Leben meiner Großmutter und meiner Tanten, die unverheiratet blieben und mit jedem Tag dicker wurden, bis sie fast kugelrund waren, hatte sich zwischen Europa und Amerika bewegt. Nach dem Krieg war meine Großmutter nach Spanien gezogen, und von dort aus verlangte sie nun Rechenschaft, als wohnten wir nebenan und ließen sie mit unserem Lärm nicht schlafen. Und meine Mutter gehorchte, indem sie Briefe schrieb, bis ihr die Finger wund wurden.

»Hattest du unseren Vater sehr lieb, als du ihn geheiratet hast?«, wollten wir wissen.

»Nach der Hochzeit mochte ich ihn noch lieber«, antwortete meine Mutter.

»Aber es ist riskant, einen Mann zu heiraten, den man kaum kennt«, sagte Victoria, mehr jedoch nicht, um sich keinen Streit oder Tadel einzuhandeln.

»G-tt lässt diesen Mann deinen Weg kreuzen und G-tt irrt sich nie«, erwiderte meine Mutter, und das war alles, was wir über die Liebe erfuhren, außer dass die Frau schöne Augen haben sollte, wie mein Vater hinzufügte.

»Also hat dich unsere Mutter verhext.« Das Wort ›verhext‹ sang Victoria fast.

»Nein, sie hatte bloß sehr schöne Augen.«

»Und wie sind meine Augen jetzt?«, fragte meine Mutter.

»Noch schöner als damals.«

»Du lügst.«

»Papa lügt nicht«, sagten wir.

»Sieh in den Spiegel und sag mir, ob du keine schönen Augen hast.«

»Du Schmeichler«, sagte meine Mutter schließlich. Und das war Liebe: Augen, die nach der Hochzeit noch schöner wurden. Und etwas, das da war, jedenfalls so lange, wie sich meine Mutter keine Sorgen machen musste, weil sie noch etwas von dem Geld übrig hatte, das meine Großmutter ihr schickte, und womit sie unsere Englischstunden bezahlen oder mit uns ins Kino oder in den Zirkus gehen konnte, ohne meinen Vater um etwas bitten zu müssen.

Aber eine ganz andere Liebe war die, welche nach dem Gespräch zwischen Chaim und Mindele zu uns kam und die sich zwischen den beiden aufbaute wie ein Kurzschluss, in dem Moment, wenn der Funke, noch bevor sich zwei Drähte überhaupt berühren, überspringt. Wir ahnten diese Liebe zwischen den beiden, konnten sie aber nirgendwo einordnen, denn zwischen Mindele und Chaim existierten nur Worte, und die tauschten sie aus, wenn wir nicht dabei waren, oder dachten sie, wenn sie mit uns am Tisch saßen oder wenn wir gemeinsam ins Kino gingen und sich mein Onkel Rivkas Schwester nicht näherte, sondern eine meiner Schwestern auf dem Arm trug und sie in die Luft warf, um laut loszulachen, damit auch Mindele lachen konnte und ihn ansehen und ihn ermahnen, er solle vorsichtig sein, ein Mädchen sei kein Junge. Oder dieses Mädchen da in der Luft sei nicht sie.

15

Reuvén Toledo verwandelte sich im Haus der Witwe bald in das teure Porzellan. Jeden Tag ging er herausgeputzt und parfümiert an unserem Haus vorbei, und manchmal kam er auch herein, um einen Kaffee zu trinken und zu fragen, wie es um unser Glück stand. Er führte das Wort Glück ständig im Munde, gebrauchte es, um die Tage zu beschreiben, das Wetter, seine undurchsichtigen Vorhaben und wenn er von Mindele sprach, wobei er sich stets darauf bezog, wie gut sie das Haus in Ordnung hielt, jetzt, wo die Indiofrau ihre Zeit im Knopfladen verbrachte. »Diese Frau ist ein Glück. Wie sie kocht, ist ein Glück. Nach Hause zu gehen und zu wissen, sie ist dort, ist ein Glück«, sagte Reuvén Toledo dann, und meiner Mutter kam es vor, als höre sie einer hängengebliebenen Schallplatte zu, denn der Mann sagte immer dasselbe.

Vielleicht sagte er es, wie meine Schwester Victoria annahm, damit es ihm beim Kartenspiel Glück bringe. Denn dabei verlor er viel Geld, wie es bei uns am Tisch hieß und wie Herr Sudit wusste, weil man es sich in der Synagoge erzählte, sodass wir alle darüber informiert waren, was hinter vorgehaltener Hand über Reuvén gesprochen wurde, nämlich dass er seine Schwiegermutter verhext habe und in den Ruin treiben werde. Denn der Mann spielte nicht Karten, wie man das im jüdischen Klub tat, sondern setzte dabei große Summen ein, sodass man über ihn nicht mehr wie über einen Juden sprach, sondern ihn den Falschspieler nannte, und dieses Wort war wie ein Fluch, ein Fluch über ihn und über uns, die wir mit ihm verkehrten. Wenn Reuvén zu uns kam, bekam meine Mutter schlechte Laune und tat alles, um ihn spüren zu lassen, dass wir ihn nicht mochten, doch der Mann merkte nicht, dass man ihn loshaben wollte, oder wollte es nicht merken, sondern wiederholte seine alte Leier mit dem Glück.

»Merkt deine Mutter denn nichts? Er wird ihr den letzten Centavo aus der Tasche ziehen«, fragte meine Mutter Rivka.

»Natürlich merkt sie es, aber sie sagt, alles was zählt, ist die Gesundheit.«

»Und Mindele?«

»Sie hat sich in einen Roboter verwandelt und ich glaube nicht, dass sie und Reuvén sich sehr nahe kommen.«

»Aber wie kann er denn so mit ihr zusammenleben?«

»Es ist ihm egal, er lebt stattdessen mit meiner Mutter zusammen. Es ist, als wäre er ihr Sohn.«

Meine Mutter meinte später, dass Rivka Angst gehabt habe, statt Sohn Ehemann zu sagen, denn dieses Wort wäre wie der Schlund des Kraken gewesen und hätte sie verschlungen, man hatte nämlich schon von Schwiegersöhnen gehört, die mit ihren Schwiegermüttern ins Bett gingen (alles hat Gott in die Welt getan, damit wir zwischen Gut und Böse unterscheiden können), und das hätte Mindele den nötigen Freiraum verschafft, um ungestört zu meinem Onkel zu gelangen, wie Rivka ahnte, ohne es sich selbst einzugestehen. Aber dieses Wort kam ihr nicht über die Lippen, sie wartete vielmehr darauf, dass etwas passieren würde, und suchte unterdessen Hilfe bei meiner

Mutter, von der sie etwas zu erfahren hoffte, doch meine Mutter, die selbst nur sehr wenig wusste, verriet ihr nicht einmal das.

Wenn Chaim in die Nähe meiner Mutter kam, hatte sie ein seltsames Gefühl, das sich in ihrem Gehirn festgefressen zu haben schien, nicht wie Worte, sondern wie ein Knoten, dem von keiner Seite beizukommen war, oder eher wie ein Goldfisch in öligem Gewässer. Mindele ihrerseits würde sicher nie öffentlich ihre Liebe zu Chaim erklären. Und doch hätte das Wort Ehemann, um Reuvén Toledos Beziehung zur Witwe zu bezeichnen, viel Schlimmeres vermuten lassen, als wir tatsächlich vermuteten, und der Freund meines Vaters wäre ein Schandfleck an unserem Tisch geworden, doch so weit hätte es meine Mutter nicht kommen lassen.

»Dieser Mann gefällt mir nicht«, sagte sie nur zu Rivka und wechselte das Thema, sprach über das Kochen, das Nähen oder unsere Hausaufgaben, die wir mal wieder nicht gemacht hatten, weil wir uns auf der Straße herumtrieben oder Bücher lasen, für die wir noch viel zu klein waren. Schließlich kam das Gespräch auf Chaim.

»Er ist sehr zärtlich und ordentlich geworden, obwohl er manchmal ein wenig spinnt und mir Geschichten über Piranhas und Indios erzählt, die sich mit rosafarbenen Delphinen paaren. Oder er erinnert sich an seine Zeit in anderen Ländern, und ich weiß nicht recht, wovon er redet, weil er Erinnerungen mischt und nie eine Geschichte von Anfang bis Ende erzählt. Es ist, als stecke seine Vergangenheit in einem Mixer.«

»Und wann bekommst du ein Kind?«

»Wenn ich das wüsste! Doktor Schmulson meint, ich

solle Geduld haben. Und dass mein Leib vielleicht verschlossen sei, weil ich so schwache Nerven habe.«

»Ich hätte da ein Rezept«, sagte meine Mutter, holte eine Zeitschrift und zeigte ihr eine Anzeige für Unterwäsche. »Du musst deinen Mann verrückt machen. Womöglich liegt es an ihm, dass du nicht schwanger wirst.« An dem Tag lachten sie viel, während sie zusammen in der Zeitschrift blätterten, und nur Victoria durfte dabei sein, da meine Mutter sie schon darauf vorzubereiten versuchte, eine gute Ehefrau zu werden.

»Ich würde mich niemals trauen, so etwas anzuziehen«, sagte Rivka.

»Versuch es, ohne Kinder ist deine Ehe am Ende.«

Als meine Mutter von Mindeles Unterhaltung mit Chaim erfuhr, dachte sie sofort an Rivkas Ehe, und das Erste, was sie vor sich sah, war der Weltuntergang, so wie Zoila ihn ihr einmal beschrieben hatte, was eine wesentlich furchterregendere Version war als die aus unseren Büchern, in denen nur von einer letzten Schlacht und der Wiederauferstehung der Toten die Rede ist.

Bei Zoila dagegen kamen wilde Bestien, Hungersnöte, Seuchen, Kriege, Finsternis und ein roter Himmel vor. Gelegentlich hörten wir sie von diesem Weltuntergang reden und mussten dann abends Basilikumwasser trinken, weil wir sonst vor Angst nicht einschlafen konnten. Wir zitterten richtig, vor allem Marta, denn der letzte Tag auf Erden, von dem Zoila sprach, würde völlig unvermittelt und unangekündigt kommen, und er würde Türen und Fenster aus den Häusern reißen und alles vernichten, bis nur noch eine schwarze Wolke übrig wäre, in der es nicht einmal mehr Engel oder Teufel gäbe, sondern nur noch den Gestank nach verbranntem Fleisch.

»Und woher weißt du das alles?«, fragte Victoria amüsiert.

»Du magst ja viel lesen, meine Hübsche, aber was dir fehlt, ist, an die Dinge zu glauben«, sagte Zoila.

»An welche Dinge?«

»An alles Schreckliche, was du dir nur vorstellen kannst. So wird es sein, wenn die Welt untergeht.«

16

»DAS WASSER DES HUDSON RIVER IST EISKALT. Ich bin eingetaucht in dieses Wasser, um dich zu suchen, aber ich habe keine silbernen Fische oder grün schimmernden Algen gesehen, sondern nur verrostete Anker und schwere Ketten an löchrigen Tankern.« Mindeles Stimme klang sanft, es hörte sich an, als lese sie. »Viermal bin ich in dieses Wasser gesprungen und wurde wieder von den Säufern gerettet, als ich nicht herauskam. Sie wollten mich für immer bei sich haben und haben mich deshalb aus allen Krankenhäusern und Heimen wieder herausgeholt. Sie wussten, solange ich dich suchen würde, hätten sie einen Grund, mir zu folgen, und könnten dabei sein, wenn wir uns begegnen. Ich sagte ihnen, sie könnten unsere Hochzeitsgesellschaft sein. Du lachst? Also ich finde das traurig, denn ich habe dich gesucht, damit du mich heiratest, und habe dich nicht gefunden, obwohl ich auf die Dächer der höchsten Wolkenkratzer gestiegen bin und eine Nacht in einer Synagoge verbracht habe. Dort habe ich mich unter dem Vorlesepult versteckt und bin erst um Mitternacht wieder hervorgekrochen. Ich war mir sicher, du würdest beten kommen, wenn niemand mehr da wäre. Und ich dachte auch, ich hätte dich gesehen, aber du bist in den Frauenbereich verschwunden.«

»Ich war noch nie in New York«, sagte Chaim, um irgendetwas zu sagen, während er Mindele zusah, wie sie mit ihren Fingern spielte.

»Ich weiß. Halt mich nicht für verrückt. Aber ich habe in den Straßen und den Bars, den Museen und den Kirchen nach dir gesucht.«

»In den Kirchen?«

»Ja, denn du bist ein Ketzer und das gefällt mir an dir.« Mindele lächelte und legte die Hände auf die Oberschenkel. Sie sah aus wie eine mittelalterliche Madonnenfigur. Chaim hatte solche Figuren in Barcelona oder in irgendeiner anderen Stadt auf einer seiner wirklichen oder erfundenen Reisen gesehen, und ihm waren die langgliedrigen Finger an ihren Händen aufgefallen.

»Du traktierst dein Herz«, sagte mein Onkel und strich sich erneut übers Haar. Es fühlte sich wie Sandpapier an; das kam ihm immer so vor, wenn er erstaunt war.

»Bitte beruhige dich. Meine lieben Freunde, die Säufer, haben mich da rausgeholt. Wo sie mich nicht rausholen konnten, war aus dem Flugzeug, in das mich dann meine Cousins gesetzt haben. Wie die mich gefunden haben, weiß ich nicht. Vielleicht hat ihr Rabbi, der von der Hochzeit, ihnen gesagt, wo ich bin. Dieser Rabbi, der immerzu liest, hat überirdische Kräfte. Das ist mir gleich aufgefallen, als sie mich fanden, denn auf einmal, als er mich am Kopf berührte, bist du aus New York verschwunden und die Säufer auch. Sie konnten mich nicht mehr retten und ich nicht weiter nach dir suchen. Diese Geschichte scheint keinen Sinn zu machen, aber sie ist die einzige, von der ich sicher weiß, das sie wahr ist.«

Mindele stand auf und klopfte sich etwas Unsichtbares vom Rock. Sie war ein bisschen dick, aber immer noch attraktiv. Sie trug das Haar offen, und ihre Nase schien schmaler geworden zu sein.

»Ich glaube, wir sollten nicht mehr darüber sprechen«, sagte Chaim und steckte die Hände in die Hosentaschen. Die Hitze und die Worte der Frau hatten ihn ins Schwitzen gebracht.

»Ich höre gern den Radetzykmarsch. Ich höre ihn, wann immer ich will«, sagte Mindele und begann, zwischen den Büchern auf- und abzugehen. »Du solltest auch eins schreiben, du weißt so viel«, sagte sie schließlich. Als sie aus dem Laden ging, verspürte Chaim unendlich großen Durst.

Ihre Erzählung wiederholte Mindele manchmal genau so, manchmal mit kleinen Variationen, in denen sie die Säufer durch Boy-Scouts ersetzte, und Chaim hörte ihr zu, wie sie erzählte, was er schon kannte, und auf diese Weise liebten sie sich, sie, indem sie von New York sprach, und er, indem er sich den Schauplatz des Geschehens genau vorzustellen versuchte, obwohl Mindele höchstens Anhaltspunkte nannte, wie es dort aussah: einen Hydranten, der vor der Reklame eines Chinarestaurants stand, eine Straße, in der es nach Schwefel roch, eine Kirche, deren Fries abgeblättert war, oder eine Avenue durch ein Wohngebiet mit Backsteinhäusern. Mindele sprach nie von etwas Bestimmtem, nannte auch keine Straßennamen. Klar war nur, dass sie auf der Suche nach Chaim gewesen war.

Der versuchte sich ihren Gesichtsausdruck vorzustellen, während sie ihn suchte und seinen Namen aussprach oder ihre Augenlider senkte, wenn sie ihn an einem Kai stehen oder in einer Gasse laufen sah, in der man, ganz am Ende, ein verlassenes Möwennest erkennen konnte. Und bei diesen Gesprächen, die mal am Telefon, mal in der

Buchhandlung stattfanden, liebten sie sich, ohne sich anzufassen, nur, indem sie einander zuhörten oder ansahen, sodass diese Liebe keine Spuren an ihnen hinterließ, außer einer unsichtbaren Hand, die sanft ihr Innerstes wiegte. Und diese Hand dirigierte den Radetzkymarsch, der nicht nur in Mindeles Kopf erklang, sondern den Chaim schon hörte, wenn er sich nur nach ihr sehnte und aus der Ladentür trat, um zu sehen, ob sie komme.

Das erzählte Chaim meinem Vater, wobei er schwor, sie niemals angefasst zu haben, nur Blicke und Worte mit ihr gewechselt zu haben.

»So etwas muss dir doch auch schon einmal passiert sein. Wir sind Männer«, sagte Chaim.

»Noch nie, ich kann es mir nicht einmal vorstellen.« Und mein Vater konnte wirklich nicht nachvollziehen, was Chaim ihm da erzählte, und obwohl er sich magnetische Felder vorzustellen versuchte, die sich anzogen und abstießen, geriet ihm seine Versuchsanordnung sofort wieder durcheinander, denn da war etwas, das man mittels Physik nicht erklären konnte, und zwar den Ursprung des Gefühls.

»Du solltest es fühlen!«

»Du musst deine Schwester achten und deine Neffen und Nichten.«

»Aber wir begehen doch keine Sünde.«

»Das sage ich ja auch nicht, aber ich bin Familienvater.« Diese moralisierenden Worte waren nicht das, was mein Vater sagen wollte oder was man von einem gebildeten Mann wie ihm erwarten würde, doch es waren die einzigen, die ihm über die Lippen kamen.

»Bitte hilf mir«, sagte Chaim leise.

»Ich weiß nicht, wie ich dir helfen soll«, erwiderte mein Vater und versuchte sich hinter seinen Werkzeugen und Skizzen von Apparaturen und Maschinenteilen zu verschanzen. Durch das Fenster der kleinen Werkstatt, das auf den Hof hinausging, sah man sanften Regen fallen.

Mein Vater schwieg über dieses Gespräch tagelang, und wenn Mindele in der Nähe war, wich er ihr unbewusst aus, obwohl er sie sich auch genau anzusehen versuchte, um zu verstehen, was Chaim fühlte.

»Warum schaust du Mindele so an?«, fragte Victoria, die einen Adlerblick hatte.

»Na ja, ich kann sie doch nicht anders anschauen als mit den Augen«, erwiderte mein Vater lächelnd.

»Vielleicht bist du damit auf dem Holzweg, Papa.«

»Was weißt du?«

»Nichts.« Und das war nicht gelogen, denn meine Schwester wusste wirklich nicht, dass Mindele und Chaim Gespräche führten. Aber dieses unbekannte Etwas begann bei den Abendessen am Sabbat von unserem Zuhause Besitz zu ergreifen. Wir vier älteren Geschwister spürten es wie dichte, kalte Luft. Meine Schwester Victoria sprach vom Flug der Fledermäuse.

»Wir müssen für Großvater beten«, sagte ich. Nur so konnte man in Chaims und Mindeles Anwesenheit feststellen, dass irgendetwas vor sich ging und dass dieses Etwas uns alle betraf. Wenn die anderen gegangen waren, sahen meine Eltern sich fragend an. Beide schwiegen über die Liebe zwischen Mindele und meinem Onkel, die wahrhaftig keine Liebe war, die wir hätten verstehen können oder wie man sie in Büchern fand. Ihre Liebe war eher das gemeinsame Wissen darum, dass sie miteinander sprachen, um sich voreinander zu verbergen, oder vielleicht sprachen sie nicht einmal miteinander, sondern da waren nur Worte, die Mindele von sich gab und die Chaim empfing. Es war wie eine immer gleich ablaufende Schachpartie, und er würde am Ende gezwungen sein, einen unerwarteten Zug zu machen.

»Lasst uns für den Großvater beten«, sagte meine Mutter. Und obwohl wir nicht richtig beteten, löste sich die Sache, die zwischen uns schwebte, damit in Luft auf. Das war am Anfang, als die Dämonen ihr Spiel mit uns trieben. In dieser Zeit ging es mit der Buchhandlung aufwärts, und auch die Indiofrau in ihrem Laden kam kaum mit den Bestellungen nach. Es war, als käme das Geld, das Reuvén mitnahm und verspielte, in Gestalt von kaufeifrigen Kunden zurück.

17

Ende 1955, während eines Sabbatessens bei Rivka, ließ Chaim wieder einmal die alten Zeiten aufleben, als er noch Puppenspieler, Komödiant und Akrobat gewesen war. Er tanzte nicht nur den Beduinentanz, sondern veranstaltete gemeinsam mit Victoria auch ein Quiz, wie wir es aus dem Radio kannten. Aber er tat es auf seine Weise, und es war gut, dass das geschah, denn die seltsame Stimmung, die sonst immer aufkam, wenn Mindele und er da waren, blieb diesmal aus. Es war wie an den Anfang zurückzukehren, als wir noch an der Reling des Schiffes lehnten, das uns von Israel nach Hause brachte, und kaum etwas von Reuvén Toledo wussten, sondern nichts anderes sahen als das Meer, den blauen Himmel und die in der Ferne liegenden Küsten.

Chaims Fragen erlaubten zahlreiche Antworten, und alles, was wir sagten, war richtig, doch unter der Bedingung, dass die Antwort keine gewöhnliche war, sondern eine, die man nicht erwartete. Die absurdesten gewannen. »Wie magst du den Himmel am liebsten?« »Wenn ein Kamel sechs persische Dinare kostet, wie teuer würdest du es dann verkaufen?« »Wo schläft die Sonne?« »Wie viele Nadeln passen in ein Pferd, das so groß ist, wie du willst?« Und natürlich gewannen wir alle, weil unsere Antworten lauteten: »Ich mag den Himmel mit Schokoladenguss.« Oder: »Ich würde das Kamel für drei Kaninchen verkaufen.« Oder: »Die Sonne schläft in Mindeles Augen.« usw. Und an diesem Spaß nahmen nicht nur wir Kinder teil, sondern auch mein Vater und die Witwe, Reuvén Toledo und Rivka, meine Mutter und Mindele. Vor allem Letztere, die unentwegt lachte, mit Brotkrümeln nach uns warf und zu Chaim hinging, um ihm die Haare zu zausen, bis er sich noch mehr Fragen einfallen ließ. Und mein Onkel reagierte auf diese Stimulierung fast fiebrig und mit verdrehten Augen wie jene Derwische, von denen er uns an einem anderen Abend erzählt hatte, als er sich in einen Türken verwandelte und wir mit ihm sämtliche Straßen und Plätze Istanbuls kennenlernten, sogar die am Hafen.

Und obwohl er auch für uns tanzte wie die Frauen in den Bars, verriet er uns nicht, warum sie so tanzten und was sie damit bezweckten. Ich glaube, die Blicke der älteren Frauen am Tisch hinderten ihn daran. Später würde Victoria zu uns sagen, dass sie sehr wohl wusste, was diese Frauen taten. »Sie tun, was die Katzen auf den Dächern tun.«

»Bücher verkaufen schlägt auf das Gehirn«, sagte meine Mutter, doch es sollte keine Kritik sein, denn sie klatschte Chaim laut Beifall.

»Und öffnet das Herz«, sagte Mindele. Sie sagte es dreimal, als sänge sie ein Lied. Und mein Vater bekam wieder dieses nervöse Zucken in der Schulter.

An diesem Sabbat amüsierten wir uns blendend und vergaßen die Delirien des Herrn Sudit, die mein Vater auch bei diesem Essen zur Sprache gebracht hatte, denn er machte sich Sorgen um seinen Chef, der unsinniges Zeug redete wie ein Fieberkranker. Herr Sudit trat kaum mehr in Berührung mit der Realität, sondern lebte in einer anderen Zeit und umgeben von wirren, sich überlappenden Bildern. So ging er durch die Fabrik, sprach von Lieferungen nach Odessa oder dass man die Waren über die Pyrenäen bringen müsse, und niemand verstand ihn, wenn er meinte, man müsse um Mitternacht die Tore öffnen und singen und tanzen, um die Ankunft des Rohmaterials zu zelebrieren. Mein Vater lief immer hinter ihm her, damit auch kein Unfall passierte, denn manchmal ging Herr Sudit in die Webstuhlhalle und kam den Weberschiffchen mit seinen Händen oder Füßen gefährlich nahe. Mit Hilfe eines Arbeiters holte mein Vater ihn dann da wieder heraus und sagte: »Er hat die Grippe, es ist dieses Klima.« Doch alle in der Fabrik wussten, dass etwas mit Herrn Sudit nicht stimmte. Sobald er auftauchte, beobachteten sie ihn, ob ihm auch nichts zustieß, und riefen gleich nach meinem Vater, der inzwischen allein im Ingenieursbüro saß. Damals ging es mit der Fabrik bergab, die Belegschaft war auf die Hälfte reduziert worden, und nur noch dank der Arbeit, die mein Vater erledigte, und Chaims gutem Rat konnte sich die Firma über Wasser halten, weshalb, wenn Herr Sudit fantasierte, alle in der Fabrik zu fantasieren begannen, da sie schon deren Ende kommen sahen.

Um sich gegen mögliche Schicksalsschläge zu wappnen, hatten meine Mutter und Zoila mit Rivkas Hilfe begonnen, Küchlein und Torten herzustellen, während Victoria für die Belieferung der Kunden zuständig war.

»Du sollst sie nur abgeben und die Leute ja mit deinen Flausen verschonen«, sagte meine Mutter oft zu meiner Schwester.

»Ich sage gar nichts, ich zähle nur das Geld«, machte sich Victoria über sie lustig. Doch wir wussten, dass die Abnehmer der Küchlein und Torten sie zum Sprechen brachten, über ihre Reden amüsiert waren und über ihre Bildung staunten, die nicht nur aus den Fakten bestand, die sie Büchern und Enzyklopädien entnahm, sondern auch aus praktischem Wissen, das von Erfahrung zeugte, zum Beispiel, wie man Blumen richtig schnitt oder Fleisch in einer Tiefkühltruhe aufbewahrte, ohne dass es an Geschmack verlor, oder bestimmte Punkte am Körper berührte, um Schmerzen zu lindern. Und da sie stets auf jede Frage vorbereitet war und, wenn keine Fragen kamen, wusste, wie man sie mit einem beiläufigen Kommentar heraufbeschwor, war das Geschäft mit den Torten schon bald sehr erfolgreich, obwohl es klein blieb, weil man keine großen Mengen herstellen konnte.

»Du könntest uns in der Fabrik dabei helfen, Stoffe zu verkaufen«, sagte mein Vater zu Victoria.

»Du delirierst auch schon. Wie man eine gute Ehefrau wird, das muss sie lernen«, sagte meine Mutter.

Bei besagtem Essen führte Onkel Chaim auch Zaubertricks mit einem Papierhut vor, den er am Ende in ein Flugzeug verwandelte, das er aus dem Fenster fliegen ließ. Außerdem warf er Schattenbilder mit den verschiedensten Gesichtern an die Wand. Und als wir alle eigentlich schon ins Bett gehen wollten, begann er von einem Beduinen zu erzählen, den er in Südisrael kennengelernt hatte und der die Gabe besaß, Wasser ausfindig zu machen, indem er Steine in die Luft warf. »Es war nicht viel Wasser, aber es reichte ihm zum Überleben.« Diese Worte brachten Mindeles Augen zum Leuchten. Die Nacht draußen glich einem Perlenmeer auf schwarzem Grund.

18

Ein Weisser Fleck in der Familie war immer Großonkel Pinkas gewesen. Nicht, dass er ein Mysterium gewesen wäre, er war einfach nicht da und war in Wahrheit kaum vermisst worden, denn jahrelang hörte meine Großmutter nichts von ihm und wir überhaupt nie, das heißt, auch in den Briefen an meine Mutter war nie von einem Großonkel die Rede. Und auch auf der anderen Seite des Ozeans erwähnte die Großmutter ihn nur selten, obwohl er ihr älterer Bruder war. Pinkas war also eine Art Vogel, der höchstens einmal aufflatterte, wenn meine Tanten ein Fotoalbum aufschlugen oder wenn ein Wort fiel, das an ihn erinnerte, etwa »Deutschland«. Das Wort tauchte natürlich nur sehr selten auf und damit auch Pinkas. Uns war gar nichts über diesen Großonkel bekannt, und selbst Victoria, die immer alles wusste, konnte ihn nicht in die Familiengeschichte einordnen.

Und doch, während sich die Liebe zwischen Chaim und Mindele wand wie eine Schlange in einer Pfanne mit heißem Öl, also in alle Richtungen und ohne Ruhe zu finden oder an einen bestimmten Punkt zu gelangen, stand Onkel Pinkas, ohne sich per Brief oder Telefon angekündigt zu haben, plötzlich bei uns vor der Tür. Das war ein großes Ereignis, denn niemand hatte geahnt, dass er kommen würde, nicht einmal meine Großmutter. Im ersten Moment wussten wir nichts mit diesem Besucher anzufangen, denn mein Vater hatte noch nie von ihm gehört und wir auch nicht, also riefen wir nach meiner Mutter, und da er meiner Großmutter so ähnlich sah, erkannte sie ihn. Natürlich war sie sich anfangs nicht ganz sicher, aber die Zweifel verflogen, als er »Rose, meine kleine Rose« zu ihr sagte, und bei diesen Worten sah meine Mutter sich selbst als kleines Mädchen vor sich, dort in Saloniki, mit dem karierten Rock und den viel zu großen Wollstrümpfen. Da hatte sie den Onkel zum ersten Mal gesehen. Damals war er ein stattlicher Mann gewesen mit einem großen weißen Hut, einem schwarzen Zwirbelbart und einem breiten Lächeln, bei dem ein Goldzahn aufleuchtete. »Rose, meine kleine Rose« hatte er zu ihr gesagt und ihr über den Kopf gestrichen.

Damals führte mein Großvater zusammen mit ein paar Griechen ein Holzgeschäft, und meine Großmutter bekam immer schlechte Laune, wenn sie die Compagnons ihres Mannes ihr Hafengriechisch sprechen hörte, einen Jargon, den sie verabscheute und deshalb auch kaum verstand. Das Geschäft lief schlecht, und Onkel Pinkas war gekommen, um es wieder auf Vordermann zu bringen oder aufzulösen. Er war ein Mann, der etwas von solchen Dingen verstand, und der Großvater hatte ihn um Hilfe gebeten. An diese Geschehnisse in ihrem Zuhause in Saloniki erinnerte sich meine Mutter, als der Onkel »Rose, meine kleine Rose« zu ihr sagte. Sie erinnerte sich auch daran, dass er ihre Schwestern mit den Namen anderer Blumen anzureden pflegte.

Doch der Mann, der vor uns stand, war nicht mehr derselbe wie damals, auch wenn er immer noch seinen großen weißen Hut und einen Zwirbelbart trug, der aber nicht mehr schwarz war, sondern gelb vom Tabakrauch. Wir sahen einen dicken, schwer atmenden Mann mit traurigem Blick, doch in den Augen meiner Mutter war es Onkel Pinkas.

»Und dein Goldzahn?«, fragte sie, und wir wunderten uns. Sie hätte ihn umarmen sollen oder weinen, doch ihr fiel nichts Besseres ein als die Frage nach dem Goldzahn.

»Den habe ich im Krieg verkauft«, sagte er und lächelte. Eine Zahnlücke kam zum Vorschein. »Aber ich vermisse ihn kaum, ich esse nicht mehr viel.« Seine Stimme klang heiser.

»Warum hast du uns denn nicht gesagt, dass du kommst?«, fragte meine Mutter. Mein Vater und wir Kinder standen um Großonkel Pinkas herum, keiner hatte sich von der Tür wegbewegt. Meine Schwester Miriam spielte mit den Gurten an seinem Koffer.

»Du hättest es deiner Mutter erzählt, und ich will nichts mehr mit ihr zu tun haben.« Seine Augen und seine Nase waren die unserer Großmutter. »Ich möchte, dass du mir ein Hotel empfiehlst.«

»Bist du verrückt? Du bleibst natürlich bei uns«, sagte mein Vater und fasste Pinkas am Arm.

»Ich möchte in ein Hotel«, sagte dieser noch einmal. Und er sagte es so kalt und bestimmt, dass es wie ein Befehl klang.

»Aber du kannst doch einen Kaffee mit uns trinken, während ich es suche«, sagte meine Mutter.

»Nein, ich warte hier an der Tür.«

Dass Großonkel Pinkas in einem Hotel wohnen wollte, verstieß gegen die Familientradition. Jeder noch so entfernte Cousin oder bloße Freund wäre bei uns oder bei Chaim, bei der Großmutter oder bei jedem aus der Familie aufgenommen worden. Umgekehrt war es genauso: Wir hätten uns geschämt, in ein Hotel zu gehen, das kam nur im Notfall in Frage oder wenn wirklich niemand da war, den man kannte. Wie sollen wir dort essen, was wir wollen, wenn man in den Hotels gar nicht weiß, wer wir sind? Wie die richtigen Kissen bekommen? Mit wem uns unterhalten? Als Onkel Pinkas uns darum bat, ihn in ein Hotel zu bringen, war das eine Beleidigung und er merkte es. Und doch blieb er dabei und wir gingen alle mit, um etwas für ihn zu suchen, sogar Chaim und Rivka. Wie eine Zirkustruppe. Meine Mutter kannte ein Hotel in der Calle Palacé in unserem Stadtteil, das heißt, nicht wirklich ein Hotel, sondern eine nüchterne Pension, in der Geschäftsleute und Frauen auf der Durchreise abstiegen. Die Frau am Empfang sah aus wie scheintot, aber man konnte sehen, dass es dort sauber war. Außerdem war die Pension in unserer Nähe, was sicherer war, falls etwas passierte, obwohl wir nicht wussten, was einem Mann passieren sollte, der von nirgendwoher kam, wie er uns sagte, und sich dagegen wehrte, dass wir uns um ihn kümmerten. Dass er auf Reisen war, konnte man nur an seinem riesigen Koffer erkennen.

Als er sich von uns verabschiedete, weil er müde war und ein warmes Bad brauchte, sagte er: »Ihr könnt morgen kommen, aber nicht alle.« Und es war klar, dass es so zu sein hatte, denn es klang wie ein Befehl. Die Pension war in einem großen Haus mit leicht maurischem Anstrich, mit vielen Blumentöpfen an den Fenstern, einem arabischen Innenhof und, wie wir annahmen, recht großen Zimmern mit hohen Decken. Wir waren noch nie dort gewesen. Rivka hatte meine Mutter auf diese Pension hingewiesen, weil sie ihr auf dem Weg durch das Viertel aufgefallen war.

»Rose, meine kleine Rose«, sagte Onkel Pinkas und ging. Hinter ihm her lief eine Frau, die den Koffer trug. Meine Mutter hob die Hand und wir auch, doch Pinkas drehte sich nicht noch mal um. Er watschelte davon wie ein dicker Enterich.

19

Ohne unser Wissen arbeitete mein Vater inzwischen an einem Entwurf für eine Schraubenproduktionsmaschine. In der Angst, erneut zu scheitern, arbeitete er allein und ohne jemandem etwas davon zu sagen. Seine einzige Zeugin war meine Schwester Miriam, die jüngste von uns, doch sie konnte noch nicht sprechen und nicht verstehen, was mein Vater tat, der, während er arbeitete, die Tangoplatten abspielte – jene, die ihm Miguel Saportas geschenkt hatte, dieser entfernte Cousin von ihm, der vor einem Jahr so plötzlich aufgetaucht und wieder verschwunden war wie ein tropischer Regen –, sodass meine Mutter glaubte, mein Vater höre einfach nur Musik. Und sie hasste die Musik, die er hörte, da sie von einem Mann stammte, der alle Gebote gebrochen hatte, der gewiss ein Spieler war und einen Zigeuner zum Bruder hatte. Eine Musik, die womöglich erneut die Dämonen anlocke, wie sie mehrfach bei Tisch äußerte.

Doch in Wirklichkeit ging mein Vater in seine Werkstatt, um zu arbeiten, und legte die Platten auf, weil er wusste, dass dann niemand die Nase in seine Angelegenheiten stecken würde, denn diesmal arbeitete er an einem sinnvolleren Projekt, ohne feste Absichten, die ihm in die Quere gekommen wären, das heißt, er arbeitete nur zum Vergnügen. Und da er bereits eine Erfahrung hinter sich hatte, die er als katastrophal einstufte, sah er mögliche Fehler voraus und ließ sich nicht dadurch entmutigen, wenn sie passierten. Er traf Vorbereitungen, als arbeitete er an einer modernen Sinfonie aus Worten, die von Buenos Aires sprachen, und Zahlen, die sich mit geometrischen Linien und Gleichungen mengten. Und als wir davon erfuhren, dass er an einer Schraubenmaschine arbeitete, und ihn danach fragten, wozu sie gut sei, lächelte er nur und kratzte sich an seinem Dreitagebart, ohne darauf zu antworten oder mit Marta zu schimpfen, weil sie entdeckt hatte (und diese Entdeckung konnte sie einfach nicht für sich behalten), dass er eine millimetergenaue Zeichnung für eine Schraubenserienproduktion anfertigt hatte.

Doch Marta, die immer eine Schnüfflerin blieb, die nichts für sich behalten konnte und wohl auch nichts in ihrem Kopf, abgesehen von den Notizen in ihrem Heft, erzählte uns das erst viel später, lange nach Herrn Sudits Tod. Da schien unser Schicksal als Betreiber eines Küchlein- und Tortenverkaufs schon fast besiegelt, sodass meine Mutter, als sie das mit der Schraubenproduktionsmaschine erfuhr, geradezu erleichtert war, weil sie darin eine Möglichkeit für meinen Vater sah, in der Eisenwarenbranche anzufangen und die Arbeit in der Fabrik aufzugeben, die inzwischen eher einer Lagerhalle glich, in der mehr Stille als Lärm herrschte. Die Entdeckung des Projekts meines Vaters wurde damit Teil der Bestandsaufnahme meiner Mutter von Möglichkeiten, wie wir uns das Leben sichern konnten, obwohl mein Onkel Chaim meinte, wir sollten uns keine Gedanken machen, er würde schon für uns sorgen, wenn etwas passierte, und Rivka stimmte ihm zu.

Als Herr Sudit starb, stellte das wirklich unser ganzes Leben auf den Kopf. Nicht nur, weil mein Vater bald ohne

Einkommen dastehen würde – er hielt sich doch schon jetzt nur noch selten in der Fabrik auf, und das nur noch, um finanzielle statt technische Probleme zu lösen –, sondern auch weil das Fehlen des Mannes, der alle Sprachen gleichzeitig gesprochen hatte, bei uns ein Loch riss, das eine Eigendynamik entwickelte, so etwas wie einen Strudel mit einem riesigen Schlund in der Mitte, in den jemand hineinfallen konnte, wenn er nicht aufpasste. Meine Mutter glaubte daran, dass ein Todesfall selten allein kam, und dass ein Toter, wenn er einen guten Freund hinterließ, zurückkehrte, um sich den Lebenden zu holen, obwohl man so etwas nicht glauben durfte. Doch sie glaubte es und versicherte sich ständig, ob es meinem Vater auch gut ging. Und nicht einmal Doktor Schmulson konnte ihr diesen Gedanken, der ihr wochenlang im Kopf herumspukte, ausreden.

Der Tod von Herrn Sudit hatte sie tief beeindruckt, denn mein Vater, der in den letzten Stunden bei ihm war, hatte erzählt, dass er kurz vor seinem Ableben bei ganz klarem Bewusstsein gewesen sei und völlig verständlich gesprochen habe, ohne die Sprachen zu vermischen, und in dieser geistigen Klarheit vor dem Ende bat er darum, dass man ihm aus dem Sefer Jezirah, dem Buch der Schöpfung, vorlese, und mein Vater tat es, wobei er ganz langsam las, während er sah, wie Herr Sudit die Augen schloss und langsam in das Jenseits hinüberglitt, sodass er noch vor Beendigung des ersten Kapitels das Schema Israel betete, die Augen auf den Mann mit den tausend Zungen gerichtet, der nun einem neugeborenen Welpen glich. Als der Rabbi und die Leute von der Chewra Kadischa kamen, brannte eine Kerze und mein Vater blickte aus dem Fenster. Von dort aus wirkte die Stadt seltsam gelb.

Am Tag, an dem Herr Sudit starb, war Mindele in die Buchhandlung gegangen und hatte Chaim einfach nur angesehen, ohne etwas zu ihm zu sagen. Die Witwe, die zugegen war, um ein paar Rechnungen zu überprüfen, nahm an, ihre Tochter schaue einfach ins Leere, und Chaim habe zufällig in ihrer Blickrichtung gestanden.

20

Noch vor zehn Uhr morgens waren wir in Großonkel Pinkas' Pension. Meine Mutter, Victoria und ich waren schließlich gegangen, nachdem mein Vater verärgert entschieden hatte, wer mitdurfte, um unserer Diskussion am Tisch ein Ende zu setzen. Alle wollten nämlich mit. Beim Frühstück hatten Victoria und ich uns Onkel Pinkas ausgemalt und ihm überirdische Kräfte verliehen, die der Grund dafür waren, warum er nicht bei uns zu Hause hatte wohnen wollen. Wir stellten uns vor, dass er den Koffer geöffnet hatte und fremde Wesen herausgestiegen waren, die nun möglicherweise im Keller der Pension hausten, denn es waren keine Menschen, sondern Tiere mit Menschenköpfen, schuppiger Haut, langen Schwänzen und Entenfüßen mit Saugnäpfen dran, mit denen sie die Wände hoch spazieren konnten. Mein Bruder Joaquín ruderte mit den Armen, um zu veranschaulichen, wie sich diese Wesen bewegten, und Marta kreischte vor Angst. Sie sah Pinkas' Koffer vor sich, aus dem roter und grüner Schleim troff, und war die Erste, die darauf verzichtete mitzukommen, da Onkel Pinkas uns gewiss umringt von all diesen ekelhaften Wesen empfangen würde. Meine anderen Geschwister sahen sie erstaunt an, so erstaunt wie unlängst, als sie Herrn Sudits Tod nachgespielt hatte und mein Vater ihr einen Klaps auf den Hintern geben musste.

Bei Tag wirkte die Pension größer und kühler. Und sie war wirklich hübsch in ihrer Mischung aus arabischen und englischen Elementen und mit den vielen bunten Fenstern und elegant platzierten Möbeln. Die Tapeten an den Wänden verliehen dem Eingangsbereich einen respektablen Charakter, und die Frau hinter dem Tresen wirkte nicht mehr ganz so grau. Von der Mitte der Decke hing ein Kristallleuchter herab, der genau zu den Blumenvasen aus Porzellan mit den Lilien und Flamingoblumen passte. Die Frau erkannte uns sofort und rief den Onkel mit einem schwarzen Telefon an, auf dessen Drehscheibe ein Heiligenbild klebte. Wir warteten im Empfangszimmer der Pension auf ihn, wo noch andere Bilder hingen, aber nicht religiöse, sondern welche mit Alpenlandschaften. Die Kinder auf diesen Bildern sahen irgendwie heilig aus, weniger so, als ob sie spielten oder Ziegen hüteten, wie der Maler wohl hatte darstellen wollen, sondern eher wie Engel, die sich gar nicht für die Landschaft und die Tiere um sie herum interessierten. Eine der Ziegen sah Mindeles Mutter ähnlich.

Der Großonkel erschien in einem Morgenmantel aus blauer Seide, frisch frisiert und mit einem Lächeln. Und anstelle der Zahnlücke kam ein weißer, etwas zu glatter Zahn zum Vorschein. Victoria fiel das auf, weil sie Pinkas noch einmal nach dem Goldzahn hatte fragen wollen, um so mehr über seine Vergangenheit zu erfahren, doch sie kam nicht dazu. Sie musste ihrer Mutter das Sprechen überlassen, während sie und ich den Mann betrachteten, seine langgliedrigen Hände, die papierne Haut und diese Augen, durch die uns die Großmutter anzusehen schien, doch es war nicht sie, sondern er, und ganz anders als sie, denn obwohl er ihre Augen hatte, ähnelte sein Blick mehr dem von Onkel Chaim.

»Ich mag diesen Ort. Hier würde ich gern sterben«, sagte Pinkas. Er saß neben meiner Mutter, hatte die Beine übereinander geschlagen und schlenkerte leicht mit einem Fuß, der in einem Strumpf mit Rhombenmuster steckte.

»Bei uns zu Hause ist Platz für dich«, wollte meine Mutter sagen, doch Onkel Pinkas unterbrach sie mit einer Geste und sagte: »Rose, meine schöne Rose, du solltest dich nicht um alte Männer kümmern, sondern um deine Kinder.« Der Mann sprach langsam.

»Wir haben nämlich ein Zimmer, in dem du wohnen kannst, solange du willst«, sagte Victoria vorlaut und stand auf, damit der Großonkel sehen konnte, dass sie schon fast eine erwachsene Frau war und nicht nur einfach so daherredete. Pinkas musterte sie von Kopf bis Fuß.

»Das ist Victoria«, sagte meine Mutter, um das Thema zu wechseln, »mein ältestes Kind.« Sie wollte sagen, dass sie ein wenig verrückt war, doch Großonkel Pinkas ließ ihr keine Zeit dazu. Meine Mutter nutzte jede Gelegenheit, die Leute wissen zu lassen, dass Victoria nicht normal war, um sich spätere Erklärungen zu sparen. Natürlich brachte das nicht viel, denn meine Schwester ließ immer irgendetwas Unerwartetes vom Stapel, und meine Mutter musste sich dann dafür entschuldigen. »Dieses Mädchen ist ein Fluch«, sagte sie oft genug zu meinem Vater und erhielt ein Lächeln und ein Nicken zur Antwort. Dasselbe tat nun auch Großonkel Pinkas.

»Und was hast du im Krieg gemacht?«, fragte Victoria.

21

»Ich höre den Radetzkymarsch«, flüsterte Mindele Onkel Chaim zu, und er sah sie etwas ängstlich an, denn hier war nicht der richtige Ort, um diese Worte zu sagen. Und diesen Gedanken schrie er ihr mit den Augen entgegen, woraufhin Mindele sich wieder dem Rabbi zuwandte, der an der Grabstelle mit Herrn Sudits Sarg am Grund das Kaddisch rezitierte. Es war ein schöner Tag und der Himmel hob sich tiefblau von dem schwarzen Sarg ab, ja brachte ihn zum Glänzen, sogar noch, als man den Inhalt eines Beutels israelischer Erde auf ihn hinabgeschüttet hatte, was meine Mutter und Rivka erschauern ließ; sie fingen leise an zu weinen, was mein Vater bereits tat.

Die übrigen Anwesenden bewegten die Köpfe mit dem Gebet des Rabbi, und der Mann aus Istanbul, der das Geld der Gemeinde verwaltete, sang etwas auf Türkisch, doch die Einzige, die das merkte, war Victoria, der während des Begräbnisses nichts Besseres einfiel, als uns vorzulesen, was auf den Grabsteinen stand, und es zu übersetzen. Mit Hebräisch kam sie noch zurecht, aber bei Jiddisch lag sie immer daneben. Und was sang der Mann aus Istanbul da? Auch ihn verstand Victoria nicht, doch ihr gefiel die Melodie, die wie ein langes Pfeifen war, das auf einmal verstummte, um daraufhin in einer anderen Tonlage wieder einzusetzen.

»Er singt nicht, er strickt«, sagte Victoria.

Dass sie den Radetzkymarsch hörte, hatte Mindele schon öfter an verschiedenen Orten gesagt, doch Onkel Chaim wich einer Antwort immer aus, rückte vielmehr einige Meter von der Frau ab, was Mindele zum Lächeln brachte, die sich jedoch gut zu verstellen wusste, denn sie nahm dann etwas in die Hand, ein Holzschächtelchen oder eine Tischuhr, und lächelte erneut, als sei sie durch den Gegenstand an etwas Schönes erinnert worden oder fliege wieder durch New York, vorbei an Lichtreklamen und Hochhauskuppeln. Was sie allerdings nie anrührte, war der blaue Krug, den wir ihr zur Hochzeit geschenkt hatten und vor dem sie fast Angst hatte. »In ihm liegt so viel Geschichte«, sagte sie.

Dass ihre Schwester durch die Welt ging und behauptete, Dinge zu hören, wunderte Rivka nicht, da sie, was sie damals aber nicht sagte, ihre plötzlichen Anwandlungen für Überreste aus der Vergangenheit hielt. Wenn diese sich also wie ein Roboter verhielt oder sich von einem Augenblick auf den anderen in Pose warf, als wolle man ein Foto von ihr schießen, war das für sie kein Grund zur Sorge. Rivka war mehr mit dem Verkauf der Küchlein und Torten beschäftigt als mit ihrer Schwester, die sie morgens bei sich zu Hause an die Decke oder auf den Boden starrend antraf, wobei sie vielleicht gerade durch irgendein Tal schwebte, in dem es nichts gab als die Saat noch namenloser Worte.

Auf Herrn Sudits Beerdigung näherte sich Mindele Chaim mehrmals, stieß ihm mit dem Ellenbogen in die Seite und sah ihn an, um ihm mit den Augen und ihrer Körperwärme zu sagen, dass sie den Radetzkymarsch höre. Und Onkel Chaim betete laut, lauter als der Rabbi. Ein kühler Wind wiegte die Bäume hinter dem Friedhof, und eine Schar Rotkehlchen flog an den Brunnen in der Mitte, um Wasser zu trinken.

»Sie kommen die Seele von Herrn Sudit holen«, sagte Victoria.

»Vögel holen sich doch niemanden«, sagte Marta, die kleine Steinchen auf die nächstgelegenen Gräber legte.

»Es gibt Dinge, die wirst du nie verstehen«, erwiderte Victoria und sah zum Rabbi, der Schaufeln von Erde auf den Sarg warf. Danach war mein Vater an der Reihe.

Nach der Beerdigung versammelten wir uns im Haus der Witwe und sahen uns an, ohne irgendetwas zu sagen.

22

Onkel Pinkas hatte im Krieg nichts gemacht, zumindest sagte er uns das, doch meine Mutter glaubte ihm nicht. Denn Pinkas war sehr wohl im Krieg gewesen. Meine Großmutter hatte es über das Rote Kreuz erfahren. Und irgendetwas musste er gemacht haben, doch er erzählte uns nichts, und erst nachdem die Liebe zwischen Mindele und Chaim offensichtlich geworden war, das heißt, als das Chaos seinen Höhepunkt erreicht hatte, ließ er ein paar Sätze über seine Vergangenheit fallen. Und seine Version war die einzige Wahrheit, die wir von ihm bekamen, und ich sage Wahrheit, weil danach nichts mehr kam, also war das, was er uns erzählte, so passiert, ob es nun wahr war oder nicht. Und es heftete sich an die Geschichte unserer Familie wie ein neuer Garten, den wir dem Haus hinzugefügt hätten, in diesem Fall ein sehr kleiner Garten, in dem die Samen vieler unbekannter Pflanzen ausgesät waren.

Indem wir einzelne Sätze wie bei einem Puzzle aneinanderfügten, konnten wir rekonstruieren, dass er die ganze Zeit in Deutschland gewesen war, dass er anfangs in Hamburg am Hafen gewohnt und mit einigen Ungarn zusammengearbeitet hatte, die vermutlich Schmuggler waren (an der Stelle war die Geschichte des Großonkels sehr wirr), bis alle, die an dem Geschäft beteiligt waren, jeder für sich, das Weite suchen mussten, da die Gestapo ihnen bereits auf der Spur war, zumindest behaupteten die Ungarn das. Pinkas landete im Haus eines Straßenbahnschaffners, aber nicht, weil dieser ihn aufgenommen hätte, sondern weil dessen Tochter den Großonkel versteckte, wofür er ihr als Gegenleistung das Bett wärmte, wie er lachend und zum großen Entsetzen meiner Mutter bemerkte. Dann kamen die Bombenangriffe, Menschen auf der Flucht, Kartoffeln zum Frühstück, Mittag- und Abendessen, viele Tote, und Pinkas irrte mit der Tochter des Straßenbahnschaffners von einem Ort zum anderen, bis diese allein in einem Zug verschwand und der Großonkel irgendwie nach Wien geriet, wo es von alliierten Truppen wimmelte. Und da nahm er an, dass der Krieg vorbei war und ihm nichts anderes übrig blieb, als die Arbeit wieder aufzunehmen, die er von den Ungarn in Hamburg gelernt hatte, was sich nach seinen Worten uns gegenüber auf das Horten von Zigaretten und Schokolade beschränkt hatte.

»Aber es ist doch seltsam, dass du den Krieg einfach so überlebt hast, ohne dass dir was passiert ist«, sagte Victoria.

»Ich habe eben nichts gemacht im Krieg. Oder doch: Ich habe viel gesungen.« Pinkas Stimme klang sehr weich, als gleite sie über ein Stück Seide.

Und weiter wurde nicht darüber gesprochen. Pinkas hatte also der Familiengeschichte nach nichts Besonderes während des Krieges gemacht, und ihm war auch nichts passiert. Damit war meine Mutter einverstanden, und wir anderen stellten keine weiteren Fragen mehr, obwohl die Sache uns noch im Kopf herumschwirrte.

»Du könntest uns etwas vorsingen«, bat Marta.

»Ich habe keine Stimme mehr. Aber ich kann pfeifen.« Und er pfiff einen fröhlichen Marsch und wir klatschten dazu in die Hände.

23

Mindele schrieb Onkel Chaim einen Brief. Sie ging bei der Buchhandlung vorbei und legte ihn auf die Registrierkasse. Sie sprach nicht, lächelte nicht, sondern huschte nur herein wie ein Windhauch, und bevor Chaim etwas sagen konnte, war sie schon wieder weg. Da nahm er den Brief und begann zu lesen, wobei er sich allerdings erst auf die kleine, geneigte Schrift einlassen musste. Es war das erste Mal, dass er Mindeles Handschrift sah. »Ich mag keine Friedhöfe und keine Grabsteine. Ich hasse Beerdigungen und habe große Angst davor zu sterben. Deshalb habe ich den Radetzkymarsch gehört, während der Rabbi das Kaddisch betete. Und ich habe dich unter diesen ganzen Toten gesucht, weil du tot bist, Geliebter, du hast dich in eine Mumie verwandelt und ähnelst dem blauen Krug, den mir deine Familie geschenkt hat. Immer wenn ich mir diesen Krug ansehe, sehe ich dich vor mir, alt, vertrocknet, verlassen und verloren in einer dieser Straßen, die in deinen Geschichten vorkommen. Du bist eine Mumie, mein Geliebter. Und vergiss nicht, ich habe Angst davor zu sterben.«

Chaim las den Brief zweimal, dann faltete er ihn zusammen und steckte ihn in die Hosentasche. Und da er sich Mindele vorstellte, die nicht sterben wollte und wie sie alle Friedhofstore verschloss und sich vor dem Todesengel versteckte, bemerkte er nicht, dass die Witwe hereingekommen war, vor ihm stand und mit der Hand vor seinem Gesicht herumwedelte, als verscheuche sie Mücken.

»Bist du krank?«, fragte sie.

»Ich glaube ja«, antwortete Chaim, doch die Antwort schien ihm unpassend, denn er fühlte sich nicht krank, sondern wie eine staubbedeckte, von Kakerlaken zerfressene Mumie.

»Das muss die Hitze sein und der Regen«, sagte die Witwe und öffnete ihre Tasche, um ein Aspirin herauszuholen. Sie trug immer Aspirin mit sich in der Brieftasche herum und nahm ab und zu eines zur Stärkung.

»Die wird dir gut tun«, sagte sie zu ihm, doch Chaim sah weder die Tablette noch die Witwe, sondern ein Grab, dem ein wiedererweckter Toter entstieg. Die Tage des himmlischen Gerichts sind gekommen, dachte er und musste zu einem Stuhl gehen, um sich zu setzen. Die Witwe folgte ihm und sagte: »Sag mir Bescheid, wenn du dich besser fühlst. Ich muss dir was erzählen.«

»Reden Sie nur«, sagte Chaim, obwohl er weder wollte, dass sie etwas sagte, noch dass die Sonne in das Geschäft schien oder dass Bücher um ihn herum standen. Er fühlte sein Mumiendasein schmerzhaft am ganzen Körper, und die Wörter fuhren ihm in die Ohren wie Motten.

»Reuvén Toledo hat vorgeschlagen, eine Wäscherei aufzumachen. Wir würden auch trockenreinigen und Seidenhemden bügeln. Das könnte gut laufen, wir haben kaum Konkurrenz.« Die Augen der Frau glänzten.

»Eine Wäscherei«, wiederholte Onkel Chaim stockend, als sei das Wort sehr lang und er müsse Acht geben, damit kein Buchstabe verloren gehe und die Wäscherei nicht zu einem Mumienladen werde und er selbst nicht als die älteste und verfaulteste Mumie ins Schaufenster gestellt würde. Und neben ihm der blaue Krug. Ach, wäre der doch kein Original gewesen, sondern eine Fälschung, würde er dann vielleicht denken.

»Du bist krank, mein Lieber«, sagte die Witwe erneut.

»Ich bin tot, wie Herr Sudit«, sagte Chaim und wackelte mit dem Kopf, der ihm schwer war.

»Sag so etwas nicht! Du musst ihn in Frieden ruhen lassen«, sagte die Witwe und suchte in ihrer Tasche nach der kleinen Hand mit dem Auge darauf und dem Buchstaben Schin, die ihr das Böse vom Leib hielt.

24

Die Wäscherei wurde in der letzten Dezemberwoche des Jahres 1955 eröffnet, nach Chanukka, als es kaum Kunden gab, weil in dieser Zeit nicht gewaschen, sondern gefeiert wird. Doch so war es auch gedacht. »Wir müssen in einer flauen Zeit aufmachen, um jeden einzelnen Vorgang genau einzuüben und für turbulentere Zeiten gut vorbereitet zu sein«, sagte Reuvén Toledo, strich sich über den Bart und tat, als stammten diese Worte von ihm und nicht von Onkel Chaim, welcher (trotz seines Mumiendaseins und allem, was damit zusammenhing) derjenige war, der das Geschäft tatsächlich aufgebaut und die Maschinen gekauft hatte.

Diese musste mein Vater noch etwas überholen, da sie aus zweiter Hand waren und zudem schon lange Zeit beim Verkäufer herumgestanden hatten. Dabei übertraf mein Vater sich selbst, die Maschinen waren danach wie neu, woraufhin die Witwe ihm etwas Geld aufdrängte, das er fast nicht akzeptiert hätte, weil er es als seine Pflicht ansah, die Wäscherei zu unterstützen. Die Witwe habe uns die Reise nach Jerusalem ermöglicht, also habe er nur die Gelegenheit genutzt, sich ein wenig zu revanchieren, sagte mein Vater, doch sie bestand so vehement darauf, dass meine Mutter schließlich meinte: »Du nimmst es jetzt, sonst spricht sie nicht mehr mit uns.«

»Gut, ich nehme es, aber es kommt in eine deiner Dosen«, sagte mein Vater.

Meine Mutter lächelte. Dann zuckte sie mit den Achseln. »Manchmal glaube ich, meine Mutter hat Recht.«

Chaim nahm sich der Wäscherei an, um nicht an Mindele, sondern an Anzüge und Röcke, Hosen und Hemden, die Annahme von Paketen mit Schmutzwäsche und die Ausgabe von sauberer, wohlriechender Wäsche zu denken. Er hatte sich nicht nur ausgedacht, wie alles abgewickelt werden sollte, sondern auch das Ladenlokal gesucht, das möglichst groß und zentral gelegen sein sollte, hatte auch schließlich einen Lagerraum in der Calle Bolivia gefunden, ganz in der Nähe von einigen Bäckereien und Gewerkschaftsniederlassungen, einer evangelischen und einer katholischen Kirche. Die Lage war nicht schlecht, viele Leute gingen dort vorbei. Chaim verwechselte die Gegend auch nicht mit den Pyramiden oder einem abgelegenen Friedhof in New York, denn er hatte meinen Vater darum gebeten mitzukommen, und der hatte mit folgenden Worten verhindert, dass er die Realität aus den Augen verlor: »Dieser Lagerraum lässt sich gut in eine Wäscherei verwandeln.«

Gemeinsam hatten sie das Abwicklungssystem für das Waschen, Trocknen und Bügeln entworfen, das Reuvén Toledo fälschlich als seine Erfindung ausgab.

Das brachte meine Mutter zur Weißglut, die in diesen Tagen wie noch nie mit der Herstellung von Küchlein und Torten beschäftigt war, weil Victoria mit großen Bestellungen nach Hause kam, obwohl sie ihr gesagt hatte, dass sie das nicht tun solle, da das kleine Unternehmen damit nicht fertig werde. Doch meine Schwester entpuppte sich als leidenschaftliche Verkäuferin, ganz so, als wäre all ihr Wissen einzig in das Anpreisen von Küchlein und Torten eingeflossen, wobei sie ein Geschick bewies wie niemand vor ihr in der Familie.

»Ich werde dich verheiraten müssen, damit dein Mann uns bei der Produktion helfen kann«, sagte meine Mutter.

»Ich werde niemals heiraten«, sagte Victoria.

»Und ob du heiraten wirst!«, befahl meine Mutter wütend wie eine weibliche Version des Moses beim Zerbrechen der Gesetzestafeln.

»Hier sind die sechs Erdbeertorten«, unterbrach Zoila ihre Auseinandersetzung. Die Frau war noch dünner geworden und rauchte eine Zigarette nach der anderen.

»Diese Torten schmecken garantiert nach Rauch. Du wirst uns ruinieren!«, entfuhr es meiner Mutter, die von der Schwangerschaft leicht aufgedunsen war und heftig schwitzte. Zoila lächelte.

»Nimm sie mit«, sagte sie zu Victoria, und meine Schwester verließ die Küche mit allen sechs Kartons auf einmal. »Das war unglaublich«, erzählte Marta. »Es sah aus, als ob sie in einem Zirkus arbeitete.« Marta half in der Küche das Obst klein schneiden und die Torten dekorieren. Sie hatte ein Händchen dafür, Buchstaben und Bildchen zu malen.

An dem Tag, an dem die Wäscherei eröffnet wurde und Victoria behauptete, niemals heiraten zu wollen, stellte mein Vater den Prototyp seiner Schraubenproduktionsmaschine fertig, und mein Bruder und ich sahen zu. Wir waren jedoch keine stolzen Augenzeugen, wir hatten vielmehr furchtbare Angst, was wohl passieren würde, wenn er sie anschaltete, ob die neue Maschine ein Eigenleben entwickeln, wie eine Granate explodieren und wir Augen und

Arme verlieren würden. Und ob das ganze Haus in die Luft flöge, über die Stadt hinweg. Doch nichts dergleichen geschah. Stattdessen begann das Maschinchen Metall zu zerbeißen, Schrauben und kleine krumme Metallspäne auszuspucken, die in einen stählernen Behälter fielen, der an der Seite angeschraubt war.

»Die läuft ja richtig gut«, sagten wir, schon etwas ruhiger.

Mein Vater hörte uns nicht, und er hatte auch nicht gesehen, wie wir uns die Arme vors Gesicht hielten. Wir hatten nämlich wirklich erwartet, dass sie in die Luft flog.

»Sie funktioniert nicht gut, sie vergeudet viel zu viel Metall«, sagte er. Und streichelte die Maschine, die aussah wie ein kleiner Hund mit einem Stahlschwanz, dem Schrauben und krumme Metallspäne aus der Schnauze purzeln.

25

In der Zeit, in der Reuvén Toledo die Wäscherei führte, herrschte die allermieseste Stimmung. Und nicht, weil er den Posten nicht gut ausfüllte, den er dank der Witwe innehatte, sondern weil er durch die Gegend stolzierte und überall herumerzählte, wie er das Geschäft ohne jede fremde Hilfe aufgebaut habe. Er ließ nur wichtige Kunden und gute Freunde (seine Spielkumpanen) in sein Büro, damit sie ihn dabei sehen konnten, wie er die Frauen und Männer anwies, die an den dampfbetriebenen Maschinen standen und Dutzende von Kleidungsstücken an Bügeln in ein Wandgestell hängten. Er führte sie auch gerne in den Hauptraum, in dem alle Angestellten ihre Bügeleisen wie bei einer Filmchoreografie im gleichen Rhythmus über die feinen Hemden und Anzüge gleiten ließen.

Diese Leute waren jedoch von Chaim ausgebildet worden, nach der Anleitung eines Buches, das heißt, sie hatten nach und nach das gelernt, was er gelernt hatte (seiner Lebensauffassung nach ein natürlicher Prozess). Dabei befand sich Chaim in einem seiner Abenteuer und überquerte womöglich gerade den Hudson River, damit Mindele ihn doch nicht umsonst in New York suchte. Doch das ist nur eine Vermutung, denn in dieser Zeit wussten wir noch nicht, was da genau zwischen den beiden im Gange war, und Rivka sprach davon, wie sie sich zu entspannen versuchte, damit sich ihr Leib weiten und sie schwanger werden konnte.

Wer sich hingegen hochschwanger fühlte, war meine Mutter, und zwar verstärkt durch das, was Reuvén tat oder von sich gab. Der Freund meines Vaters schien den Verstand verloren zu haben und inzwischen in zwei Welten zu leben: eine, die er sich erschuf und mit der er herumprahlte, um seine Eitelkeit zu befriedigen, selbst in der Synagoge, wo alle wussten, dass er log, und eine andere, die er verbarg, die meine Mutter jedoch gelegentlich erahnte, da sie ihr vielleicht wie ein heißer Schwall aus winzigen, flohgroßen Dämonen entgegenkam, wann immer sie ihm begegnete. Und wenn sie ihn auch nicht hasste, weil sie niemanden zu hassen vermochte, so war er für sie doch wie eine Substanz, die sich ihr gierig ins Fleisch fraß, oder wie eine Übelkeit, die sie immer wieder überkam. Reuvén Toledo hatte sich wirklich sehr verändert, und von dem Mann, der einst fast wie eine Erlösung vor unserer Tür stand oder durch dessen Ankunft die Dinge zumindest eine bessere Wendung genommen hatten, war nichts mehr übrig. Offensichtlich hatte sich ein anderer seines Körpers bemächtigt, und womöglich konnte der Rabbi, der den Talmud wie seine Westentasche kannte, herausfinden, wer dieser andere war, etwa ein böses Double, das mit den anderen spielte und unter dem vermutlich auch Reuvén selbst litt, wie mein Vater sagte. Dem widersprach allerdings meine Mutter ganz entschieden.

»Was kann man schon von einem Mann halten, der sein halbes Leben damit zugebracht hat, Frauen zu betrügen? Nur, dass er verderbt ist«, sagte meine Mutter und wischte sich mit der Serviette über die Stirn. Sie schwitzte heftig, obwohl es nicht warm war.

»Solche Reden gehören nicht an diesen Tisch«, sagte

mein Vater und zog den Kartoffelsalat zu sich heran, den meine Schwester Marta gemacht hatte. Diese war inzwischen zu einer Meisterin in der Kunst des Zerkleinerns von allem Möglichen geworden und stellte sich sogar krank, um nicht in die Schule gehen zu müssen, sondern in der Küche bei der Herstellung der Küchlein und Torten helfen zu können. Wozu Doktor Schmulson meinte: »Wenn sie etwas im Blut hat, dann das Geschäft.« Woraufhin Rivka zu lachen begonnen hatte, bis ein wahrer Lachanfall daraus geworden war, so heftig, dass sie sich fast mit ihrem kleinen Messer geschnitten hätte, und es war Zoila, die vorausschauend einen Lappen zwischen das Messer und die Haut von Chaims Frau gelegt hatte, sodass sich Rivka der Gefahr bewusst geworden war und wieder beruhigt hatte.

»Das sind keine Reden, sondern Wahrheiten«, erwiderte meine Mutter und tat uns Fleisch mit Zwiebeln auf die Teller.

»Wir sind beim Essen. Sprechen wir von etwas anderem«, sagte Victoria und löste damit eine Explosion aus.

»Du wirst nichts essen! Du wirst sofort auf dein Zimmer gehen!«, schrie meine Mutter, und Victoria sah zu Boden.

»Sie hat doch gar nichts gesagt«, verteidigte sie mein Vater.

»Ob sie etwas gesagt hat oder nicht, das weiß nur ich.« Sie blickte Victoria an und wies auf die Esszimmertür, während sie meinem Bruder Joaquín das Stück Fleisch vom Teller nahm, das sie ihm gerade aufgetan hatte. Joaquín sah sie überrascht an.

»Mama, du hast mir mein Fleisch weggenommen«, sagte er mit weit aufgerissenen Augen.

»Du kriegst kein Fleisch, mein Lieber!«

In diesen Tagen übelster Mutterlaune und eifrigster Küchentätigkeit erhielt mein Vater einen Brief, in dem ein gewisser Isaac Domb, ein Neffe von Herrn Sudit, sein Kommen ankündigte, aber ohne ein Datum zu nennen. Er komme zur Eröffnung des Testaments, schrieb er, und um die Fabrik zu verkaufen, was merkwürdig klang, da ja noch niemand wusste, was in Herrn Sudits Testament stand.

»In der Überbringung schlechter Nachrichten ist die Post wirklich sehr verlässlich«, sagte meine Mutter.

»Das ist keine schlechte Nachricht, Herr Domb ist der einzige Erbe.«

»Natürlich, er hat sich ja auch so reizend um seinen Onkel gekümmert ... Jedes Jahr war er hier ... hat ihn gepflegt, als er krank war, ... bestimmt hängt sein Foto über seinem Bett.« Vom vielen Tortenbacken hatte meine Mutter ganz rote Finger bekommen. Und jede Kleinigkeit brachte sie zur Weißglut. Wegen dieser undurchsichtigen Sache zwischen Chaim und Mindele schwebte sie wie über einem Abgrund. Und der Dämon, der sie hinunterzustoßen drohte, konnte alles sein. Ehe bedeutete für sie, alles, was nichts mit dem Essen, den Kindern, dem Ehemann und den Briefen an die Großmutter zu tun hatte, zu vergessen. Und da Chaim verheiratet war und Mindele auch, war alles, was sich zwischen ihnen abspielen mochte, schlimmer als die Plagen, die einst über Hiob gekommen waren.

»Sie hat eine schwierige Schwangerschaft«, sagte Zoila.

»Was ich habe, geht niemanden etwas an «, sagte meine Mutter. Zoila schnäuzte sich die Nase.

26

Grossonkel Pinkas kam nie zu uns nach Hause, doch jeden zweiten Tag lud er uns irgendwo in der Stadt zum Essen ein, und zwar immer woanders. Nie ging er irgendwo zweimal hin. Und obwohl wir keine sehr luxuriösen Lokale aufsuchten, sondern eher Bar-Restaurants, weil »Rose, meine kleine Rose« zu verhindern wusste, dass Pinkas zu viel Geld ausgab (»Er hat bestimmt nicht viel. Und wenn er es hat, muss er es nicht mit Essenseinladungen verschwenden. Zuhause gibt es genug zu essen, ganz wie es in der Thora steht«), gab er doch eine Menge aus, weil er immer die teuersten Gerichte bestellte und eine gute Flasche Wein dazu, manchmal weiß, manchmal rot. Passend zur Blume in meinem Knopfloch, meinte er. Meine Mutter hielt den Großonkel für geistig verwirrt. Es musste eine dieser Geistesverwirrungen sein, von denen sie als kleines Mädchen gehört hatte: »Wenn ein sephardischer Jude den Verstand verliert, fängt er auf einmal an, Essen zu verteilen.«

Doch Pinkas war weder wirr im Kopf, noch warf er mit Geld um sich, wie man auf einem Fest mit Bonbons um sich wirft. Er brachte uns lediglich der Zukunft näher, wie er sagte, denn die Vergangenheit existierte nicht für ihn. Seine Theorie war sehr simpel und er hielt sich konsequent an sie, deshalb war auch der Krieg für ihn kein Thema mehr: »Die Zukunft existiert nur dann, wenn sie sich von jeder Form der Vergangenheit freimacht. Die Erinnerungen, jeder Bezug auf das Zurückliegende, die Räume, in denen sich nichts bewegt, all das stört die Sicht auf die Zukunft, weil da immer etwas ist, das uns zurückhält und Angst macht. Es ist wie mit meiner Schwester, die nie aus Saloniki herausgekommen ist, weil sie die Stadt überallhin mitnahm; sie schleppte ihre Kindheit auf den Schultern, die Reden der Alten, die Gebete und den Aberglauben, und hat deshalb nie gesehen, was vor ihr lag. Sie hat nie eine Zukunft gehabt, sondern nur eine Vergangenheit, die sie taub gemacht hat.« Und er fuhr fort: »Erst dort, wo nichts an etwas Vergangenes erinnert, wo alle gerade erst angekommen sind, beginnt das Glücksspiel des Zukünftigen. Die Vergangenheit ist bekannt und nützt uns nichts mehr, niemand kann sich in ihr bewegen. Das möchte ich euch so gern begreiflich machen. Rose, meine kleine Rose, die Zeit läuft nicht rückwärts, sondern folgt der Linie vor uns, dorthin, wo noch nichts in Sicht ist.«

Diese Theorie über die Zukunft sank in meinen Vater ein wie eine Kopfschmerztablette, und Chaim warf sie völlig aus der Bahn, doch der hielt sich wacker wie ein Profiboxer. Ihm war nicht danach, sich zu fragen, ob er in der Vergangenheit, der Gegenwart oder der Zukunft lebte. Mein Onkel erlebte nur zeitlose Augenblicke, Visionen und wandelte durch das Tohu und das Bohu wie ein Wesen vor der Schöpfung, ein Zustand, der ihn dennoch nicht in das Nichts, sondern in viele Realitäten auf einmal führte, sodass er wie ein Klavier helle und dumpfe Töne gleichzeitig von sich gab. Wer diese Theorie allerdings für kompletten Unsinn hielt, war meine Mutter. Für sie war die Erinnerung, und zwar alle Bestandteile der Vergangenheit, sowohl die individuellen als auch die kollektiven, das Gerüst des Lebens. Wie sollte man in einer Zukunft ohne Traditionen, Erfahrungen und Briefe leben, die einem Ereignisse ins Gedächtnis riefen, die man andernfalls vergäße? In einer leeren Zukunft sah meine Mutter keinen Sinn. Für Großonkel Pinkas aber, der immer nur auf Reisen war wie ein Heimatloser, der nie mit seiner Familie gelebt und angeblich im Krieg nichts getan hatte, weder jemanden verfolgt hatte noch von jemandem verfolgt worden war, war ein Leben ohne Vergangenheit vielleicht die einzige Daseinsform: immer in Blüte wie im Frühling, ohne Winter, der einem auf die Knochen drückt, und ohne irgendwelche dunklen Flecken. Victoria stellte sich unter dieser Theorie eine Art ungeschriebenen Roman vor, der jeden Tag von Neuem seinen Anfang nahm.

Als wir Mindele von der Theorie des Großonkels erzählten, ging sie zum Fenster und blickte in die Ferne. »Dieser Mann muss ein Schuft sein«, sagte sie. Und wir verließen wortlos das Zimmer. Pinkas kam bei den verheirateten Frauen in der Familie offenbar nicht gut an.

Es war kalt gewesen an dem Tag und hatte nach Regen ausgesehen. Mein Vater war mit dem Großonkel mittagessen gegangen, doch wir wussten noch nicht, worüber sie gesprochen hatten.

»Das, was kommt, treibt uns dazu, Dinge zu tun«, sagte meine Schwester Victoria. Sie trug schmutzige Jeans und hatte die Hände in die Jackentaschen gesteckt. Meine Mutter hasste es, wenn sie so herumlief, weil sie, wie sie sagte, nicht wie ein Mädchen aussah, sondern wie ein dahergelaufener Schwindsüchtiger.

»Du wirst nicht mehr mit Pinkas essen gehen«, sagte meine Mutter.

»Warum nicht?« Mein Vater stellte diese Frage langsam und scheinbar gleichgültig. Mit einer Lupe untersuchte er den Mechanismus einer Taschenuhr, die Herr Sudit ihm geschenkt hatte. Diese Uhr hatte Russland und China, Indien und Frankreich durchquert. Und sie hatte vielleicht einst Herrn Sudits Vater gehört. Mein Vater hatte nie erfahren, wer ihr erster Besitzer gewesen war, was der Uhr großen Reiz verlieh. Chaim sagte, manche Uhren hätten nie einen ersten Besitzer gehabt, sondern nur einen zweiten. Er habe solche Uhren bei den Kurden gesehen.

»Weil sie schon alle auf seiner Seite sind«, erwiderte meine Mutter und musterte uns skeptisch wie ein Offizier seine Truppe.

»Sie gehören alle zur Familie«, lautete die Antwort meines Vaters. Ohne großes Interesse zu zeigen, war er doch völlig in den Mechanismus des Uhrwerks versunken.

27

Wortlos und reglos sah Mindele Onkel Chaim einen ganzen Vormittag lang an. Sie sah ihn einfach nur an, wie man einen Gegenstand ansieht, den man nicht recht einordnen kann und den man deshalb ganz genau betrachtet. Und unter diesem Blick, bei dem sie keine Regung zeigte und sich nicht von der Stelle rührte, fühlte sich Chaim mehr denn je wie eine Mumie unter den prüfenden Augen des Todesengels. Er bediente weiter die Kunden, empfahl Bücher und Schallplatten, tat es aber wie mechanisch. Gegen Ende des Vormittags jedoch, als er einer kleinen, dürren Frau mit zersaustem Haar und verschmierten roten Lippen eine Platte vorspielte, erwachte er aus seiner Lethargie. Es war, als hätte ihn »La leyenda del beso«, die Legende vom Kuss, wie die Zarzuela auf der Platte hieß, zum Leben erweckt.

»Eine sehr schöne Musik«, sagte Onkel Chaim.

»Alt zu sein, ist hart«, sagte die Frau, Chaims Feststellung nicht weiter beachtend, und hob ihre Tasche ans Kinn. Sie hatte kleine, farblose Augen.

»Das ganze Leben ist hart«, sagte Mindele von ihrem Platz aus. Und lächelte.

»Doch alt zu sein, ist noch härter, weil einen da niemand mehr liebt.« Die kleine Frau sah Chaim um Bestätigung heischend an. Sie hatte lange, schiefe, grünliche Zähne.

An diesem Vormittag, an dem sie nichts als »Das ganze Leben ist hart« gesagt hatte, erfand Mindele unseren Onkel neu. Wie uns Victoria später erzählte (die sich, bevor alles scharfe Konturen erhielt wie auf einem gut belichteten Foto, oft mit Mindele unterhalten hatte und so Dinge erfuhr, die wir nicht wussten, wie zum Beispiel, dass Mindele Onkel Chaim in der Buchhandlung ansah und in einen anderen verwandelte), war Chaim nicht mehr unser Onkel und verkaufte auch keine Bücher oder Schallplatten. Er hatte sich in den Augen Mindeles nach und nach in einen Reisenden verwandelt, der zum Bahnhof kam, sie an der Hand nahm und mit ihr auf einen sandfarbenen Horizont zulief, einem Vogel aus blauer Seide folgend. In Mindeles Erzählung hatte der Onkel einen kleinen Koffer und einen Satz Skalpelle dabei, mit denen er sie, wie sie annahm, in kleine Stücke zerhacken wollte, um sie an die Vögel zu verfüttern. Danach würde er sich selbst zerstückeln und essen, bis von ihnen beiden nichts mehr übrig wäre. Diese letzte Vorstellung erschloss sich Victoria nicht ganz, die laut überlegte, dass ja niemand sich selbst aufessen könne, weil irgendwann der Augenblick komme, an dem er nicht mehr weiteressen könne. Und wenn er es doch unbedingt wolle, so müsse er Hilfe in Anspruch nehmen. Aber damit würde alles noch schlimmer, denn dann wäre diese makabre, wenn auch poetische Szene nicht mehr poetisch, sondern würde sich in ein Verbrechen verwandeln, an dem ein Dritter beteiligt war.

»Chaim ist zu allem fähig«, sagte Mindele, »niemand muss ihm helfen.«

»Und der blaue Vogel, was für eine Rolle spielt er in deiner Geschichte?«

»Das ist keine Geschichte«, sagte Mindele. »Es wird eines Tages passieren.«

»Aber was ist mit dem blauen Vogel?«, beharrte Victoria, die Mindele schon in den Schnäbeln der Vögel und den Onkel sich selbst in kleine Fleischstücke zerhackend vor sich sah.

»Der blaue Vogel ist die andere Mindele, die Mindele, die immer in Chaim ist«, sagte Mindele und nahm meine Schwester bei den Händen. »Glaubst du mir?«

»Ich weiß nicht, mir macht das Angst.«

»So wie uns das Schofar Angst macht, wenn es die Tage der Reue verkündet?«

An dem Tag, an dem Chaim von Mindele neu erfunden wurde, was an demselben Tag war, an dem Chaim aufhörte, eine Mumie zu sein, weil die Musik der Zarzuela, die die alte Frau gekauft hatte, ihn daraus erlöst hatte oder vielleicht weil seine Zeit als Mumie einfach abgelaufen war, oder vielleicht waren es auch die Blicke, manchmal kommt im Zufall Einiges zusammen, an dem Tag jedenfalls sah mein Onkel Mindele insgeheim an und fand, dass sie begehrenswert, aber auch traurig aussah. Und er nahm an (wie er später zu meinem Vater sagte), mit ihr zu sündigen wäre, wie sich die Zunge herauszureißen.

28

Mit der Wäscherei, die gut angelaufen war, als Chaim und mein Vater noch mit von der Partie waren, ging es unter der miserablen Leitung Reuvén Toledos schon bald bergab. Er kam morgens erst spät und nachmittags meist gar nicht, weil er lieber Karten spielen ging, oder vielleicht hatte er auch, wie man sich in der Synagoge erzählte und wie mein Vater von einem Freund von Herrn Sudit erfuhr, der ihn wegen eines kaputten Radioapparats aufgesucht hatte, eine Freundin und verbrachte die Zeit mit ihr. Man hatte ihn mit der Frau in einem Café gesehen und in ein Kino gehen. Und wenn auch niemand sicher wusste, ob er mit ihr auch in ein Hotel gegangen war, so nahm man es doch an.

Was man ihm da erzählt hatte, behielt mein Vater zwar für sich, doch es schlug ihm schwer aufs Gemüt. Er brach die Arbeit an seiner Schraubenproduktionsmaschine ab und brachte nahezu eine Woche damit zu, Linien zu zeichnen, die nichts darstellten, reine Papier- und Zeitverschwendung. Und wie ich später in seinem Tagebuch nachlesen konnte, meinte es das Schicksal nicht gut mit ihm. Die Situation war schon kein Schicksal mehr, mit dem man irgendwie umgehen konnte; nein, es war das fortschreitende Chaos. Sein Freund lockte die Dämonen an, so wie Herr Sudit (der nun in Frieden ruhte und ihm nicht einmal mehr in seinen Träumen erschien) sie in seinen letzten Tagen beinahe angelockt hätte, und sobald diese Dämonen mit an unserem Tisch saßen, befürchtete mein Vater, die Tage Babyloniens und Ägyptens würden noch einmal und zwar gleichzeitig über uns hereinbrechen, um das Herz meiner Mutter und das der Witwe gefrieren zu lassen, während die Sache zwischen Chaim und Mindele immer noch weitergehen würde. Womöglich träte Finsternis ein und die Familie bräche auseinander, es gäbe keine Onkel und keine Freunde mehr, nur noch forschende Blicke und hasserfüllte Gespräche oder bestenfalls barsch hervorgestoßene Worte, sobald jemand darauf anspielen würde.

Im Hirn meines Vaters herrschte Verwirrung, und in seinem Gemüt Krieg. Und obwohl wir alle sahen, wie er litt, sprachen wir ihn nicht darauf an, nicht einmal meine Mutter. Worüber wir uns sehr wunderten, denn sie duldete es sonst nie, dass jemand still über seinem Schmerz brütete.

Später würden wir erfahren, dass meine Mutter Großonkel Pinkas ihr Leid geklagt und der zu ihr gesagt hatte: »Die Welt ist aus dem Chaos entstanden, und jeder Ordnung geht die Unordnung voraus. So ist das nun einmal, Rose, meine kleine Rose, alles unterliegt dem ständigen Wandel.« Und Pinkas hatte ihr über den Kopf gestrichen, wie damals in Saloniki, und ihr eines von den Schokoladenbonbons gegeben, die er immer für uns in der Tasche hatte. Da hatte sich meine Mutter wieder wie das fröhliche kleine Mädchen von einst gefühlt.

Die Wäscherei brachte nicht genug ein, um Reuvéns Ausgaben zu decken, sodass er Geld von der Bank abzuheben begann. Chaim merkte es, da er derjenige war, der die Bücher überprüfte, und stellte den Mann im Büro der Wäscherei zur Rede. Überall lag Staub und vergilbtes Papier, ein untrügliches Zeichen, dass Reuvén sich nie dort aufhielt. Es war eine kühle Unterhaltung mit vielen versteckten Vorwürfen. Chaim redete mit ihm, als säßen sie in einem türkischen Café und verhandelten die Ehre einer Tochter. Rivka erzählte, dass Reuvén totenbleich wurde und versicherte, er habe nur in Aktien investiert, wie man das als Geschäftsmann eben so mache.

»Du lügst, mein Freund«, sagte Chaim zu ihm und zog ein Kartenspiel aus der Schreibtischschublade. »Du bist süchtig, und zwar hiernach.« Er warf ein paar Karten auf den Tisch. »Ich sehe eine Frau in deinem Leben, schwarzhaarig und vollbusig«, reizte er ihn, denn auch Chaim wusste von Reuvéns Freundin. Man hatte es ihm in der Synagoge erzählt. Mein Onkel nahm ab und zu an den G-ttesdiensten teil und hatte irgendwann, zwischen Geplauder und Gebeten, davon erfahren. Ihn traf die Neuigkeit über Mindeles Mann nicht so schwer wie meinen Vater. Es schien ihn kaum zu berühren. Solche Dinge passierten nun einmal im Leben.

Und während die Wäscherei Bankrott ging, Reuvén Toledo Mindele betrog und Großonkel Pinkas die absolute Notwendigkeit propagierte, die Vergangenheit auszulöschen und sich der Zukunft zu stellen, kam die Liebe zum Vorschein. Zuerst in Form einer reinen Liebe, der Liebe Pinkas' zu meiner Mutter, die keineswegs der Liebe eines Onkels zu seiner Nichte entsprach, denn wenn er die Worte »Rose, meine kleine Rose« sagte, klang das nicht wie eine Anrede, sondern wie ein kleines Lied, und vielleicht war es eine sehr knappe Zusammenfassung des Einzigen, woran sich mein Großonkel gern erinnerte. Diese Worte waren so etwas wie ein kleines Fenster, durch das gelegentlich die Frühlingssonne drang. Ich glaube, in ihnen steckte ein Gedicht, ein Aufenthalt an einem bestimmten Ort, und vielleicht das, was Pinkas im Krieg gemacht hatte, uns aber nicht erzählen wollte.

29

An einem Regentag, als über der Buchhandlung graugrünes Licht lag, sagte Mindele: »New York ist eine Landschaft aus Eisen. Die Stadt ist voller Metall, und die Männer und Frauen in ihr sind nichts als Schrauben und Muttern, die von einem riesigen Schraubenschlüssel jeden Tag fester und fester angezogen werden, bis sie bersten. Und während sie bersten, streben sie alle nur vorwärts wie ein Zug ohne Bahnhof, der die ganze Zeit überallhin fährt, dabei einen Höllenlärm macht und schließlich scharf bremst, um sich selbst ins Herz zu beißen und zu sterben. Das hätte mir passieren können: Ich hätte mir ins Herz beißen können. Doch ich tat es nicht, weil ich mir Watte in den Mund stopfte. In diesem Wald aus Kabel und Stahl habe ich dich gesucht, über den Schienen der U-Bahnhöfe, an den Ampeln, den Neonreklamen, unter den Röcken der alten Frauen, in den Obstkörben und auf den Spaghettitellern, und dafür brauchte ich ein heiles Herz ohne Bisswunden.«

Und während Mindele das sagte, ging sie zwischen den Büchern auf und ab und blätterte in dem einen oder anderen. Dann blickte sie Chaim an und sah ihn dasitzen, als wartete er auf den Bus, die Beine geschlossen, die Hände auf den Schenkeln, den Kopf von links nach rechts wendend. »Sie sah mich sehr traurig an, als ob sie nicht mich, sondern ein Grab ansehen würde«, erzählte Chaim später meinem Vater, und der erzählte es Großonkel Pinkas, womit das, was sich zwischen Chaim und Mindele abspielte, beim Großonkel zusammenlief, der darauf keine Antwort gab, sondern nur mit dem Stock auf den Boden tippte und die Augen schloss. Ich nehme an, er dachte an die Zeit im Krieg zurück, von der er nie sprach, und weil er nie darüber sprach, gab es auch keinen Krieg für ihn. »Das Schweigen löscht die Zeit aus, es verzerrt sie, verändert sie«, hatte mein Vater in seinem Heft notiert.

Als Mindele aufhörte, über New York und ihr heiles Herz zu reden, stand Chaim auf und ging auf sie zu. Er gab ihr einen Kuss auf die Stirn, als verabschiedete er sich von einer Tochter oder als sollte Mindele gleich erschossen werden. Es war in diesem Moment wie ein letzter trauriger Kuss.

In den schwerfälligen, umständlichen Gesprächen zwischen Chaim und meinem Vater, in denen die Sätze in ein Labyrinth einzudringen schienen, wo sie nur durch Zufall aufeinandertrafen (zumindest war das Chaims Absicht, doch mein Vater, ein Spezialist in Verwirrungen, wusste, dass das kein Zufall war, sondern eine Art indianisches Spiel, bei dem man lange nachdenken musste, so wie vor dem entscheidenden Zug beim Schach), verriet sich Onkel Chaim nach und nach. Da war kein Zufall im Spiel, sondern da wurden Sackgassen zu Wegen, sodass die Situation zwischen Chaim und Mindele immer deutlicher zutage trat: zwei, die einander unaufhörlich suchten, doch, wenn sie sich begegneten, nicht sahen. Und davon wurde mein Vater Zeuge, wie ein Passant, der zufällig in irgendeine Sache hineingerät.

Mindele verließ die Buchhandlung, und in diesem Moment begann es wieder zu regnen. Es war kalt gewesen an dem Tag, und die Straßen wirkten eng.

Victoria erzählte, dass Mindele, die sie am Nachmittag getroffen habe, von vergammelten Suppennudeln gesprochen habe. Und dass sie mitten in der Beschreibung dieser Nudeln, wobei sie auch etwas von langen grünen Würmern und rosa Streifen voller Fliegen erwähnte, abrupt verstummte und dann *Mon vieux Lucien* sang, anfangs im Stil Edith Piafs und am Ende wie Maurice Chevalier. Denn Mindele machte Bewegungen, als stünde sie auf der Bühne eines Kabaretts oder spielte in einem Musical mit. Edith Piaf, die mein Vater sehr gerne mochte und zu der er eine grausige Begleitstimme abgab, hatte sich Victoria immer wie eine Auster mit rotem Innern vorgestellt, doch in Mindele sah sie etwas ganz anderes. Zu Zoila sagte sie, diese habe sich in eine neue Mindele verwandelt, nicht in die mit den Vögeln, sondern in eine, die zu Musik geworden sei, und das Hausmädchen zuckte mit den Achseln, steckte sich eine Zigarette an und bekreuzigte sich. An dem Tag waren keine Torten gebacken geworden, da sich das Mehl schlecht anfeuchten ließ und die Teigmasse zerbröckelt war.

30

Die Wäscherei lief immer schlechter. Reuvén Toledo verschwand manchmal tagelang, und mein Vater verzichtete bald ganz darauf, mit dem Geschäft, bei dem er nie als Teilhaber, sondern nur als Ratgeber mitgewirkt hatte, zu tun zu haben, um stattdessen zu seiner Schraubenproduktionsmaschine zurückzukehren und eine neue Arbeit anzunehmen. Die war ihm in einer Textilfabrik in der Stadt von einem Herrn vermittelt worden, der Herrn Sudits Fabrik bis zuletzt, als alles im Chaos versank, mit Garn beliefert hatte.

Dieser Herr, den mein Vater mit Herr Espinosa ansprach, war ein dürrer Mann mit harten Gesichtszügen, der stets schwarz gekleidet und mit niemandem näher befreundet war. Seine Bekanntschaften drehten sich lediglich um Werg und Garn. Doch mit einer Visitenkarte, die er meinem Vater hinhielt, und den knappen Worten: »Möchten Sie hier arbeiten, in dieser Fabrik?«, war er der Mittelsmann zwischen meinem Vater und der neuen Firma geworden.

Und so arbeitete mein Vater zum ersten Mal für Leute, die er nicht kannte, was große Erwartungen bei uns weckte, vor allem bei meiner Mutter, die ihm riet, beim Arbeiten die Ohren zuzumachen, falls jemand irgendetwas über Religion sagte oder er nicht zu einer Feier eingeladen wurde, weil er Jude war, und so weiter. Mein Vater lachte nur darüber. Er hatte nie gehört, dass einem Juden in der Stadt etwas zugestoßen wäre (sowas hätte Aufruhr in der Synagoge verursacht), im Gegenteil, es hieß, dass man in katholischen Betrieben gut arbeiten könne und dass die einfachen Leute gar nicht so genau wüssten, was jüdisch eigentlich bedeutete. In der Stadt dachte man bei einem Juden oder Hebräer noch am ehesten an eine dieser Figuren auf den Osterprozessionen, obwohl die gar keine Israeliten, sondern römische Soldaten darstellten. »In den Tropen ist alles anders, hier herrscht nicht so viel Traurigkeit wie anderswo«, sagte mein Vater. Doch meine Mutter bestand darauf, dass er die Arbeit gut erledigen und bei Feierabend gleich nach Hause kommen solle und nicht auf ein Bier oder eine Partie Billard mitgehen dürfe. Sie wisse, da sei schon einiges vorgekommen. Und wir, die wir mit am Tisch saßen und so taten, als ob wir äßen (in Wirklichkeit waren unsere Ohren Radaranlagen), sahen unsere Mutter ganz klein und ängstlich werden. Chaim hatte uns einmal erklärt: Wo es Bier und Frauen gebe, da gebe es auch rot gekleidete Frauen.

»Jetzt wirst du doch noch berühmt«, sagte Victoria zu meinem Vater.

»Warum?«, fragte Marta.

»Weil nur wenige Juden in christlichen Firmen arbeiten, also werden alle über ihn sprechen«, antwortete meine Schwester und sah in Erwartung eines Tadels oder zumindest eines vorwurfsvollen Blicks verstohlen zu meiner Mutter. Wenn Victoria etwas sagte, machte sie sich immer sofort auf eine Reaktion gefasst. In letzter Zeit hatte sie sich öfter den Mund verbrannt, vor allem wenn sie Fragen über den Großonkel gestellt hatte. Doch es passierte nichts. Meine Mutter spielte mit ihrem Löffel und schien Buchstaben auf ihren Karamellpudding zu malen.

Kaum hatte mein Vater seine neue Stelle als Assistent des technischen Leiters angetreten, eines dicken, gutmütigen Mannes namens Samuel Echeverri, ging die Wäscherei endgültig Bankrott. Den Männern und Frauen, die dort arbeiteten, musste gekündigt werden, und von dem, was ein gutes Geschäft hätte werden können, blieb nichts übrig als ein langgestreckter Raum voll stillstehender Waschmaschinen und erkalteter Bügeleisen auf leeren Tischen. Die letzten gewaschenen und gebügelten Kleider brachte Chaim den Kunden persönlich zurück, und als alles erledigt war, schloss sich mein Onkel in dem Laden ein. Nachdem sie sich damit abgefunden hatten, dass er für die nächsten zwei, drei Tage nicht herauskommen werde, wenn er bis dahin keine Entscheidung gefällt habe, wie Chaim schwor, mussten Rivka und meine Mutter ihm Kaffee und belegte Brötchen vor die Tür stellen. Erst einen ganzen Korb Brötchen, dann Kaffee und Zigaretten. Chaim kaute und rauchte, stellte Berechnungen an und hörte auf voller Lautstärke Radio. »Alles auf einmal«, sagte Rivka. Er war in irgendeine seiner Welten versunken, vielleicht in den Kampf gegen einen Indianderstamm am Amazonas, wo, wenn keine tödlichen Pfeile flogen, mörderische Mücken unterwegs waren, wie Victoria wusste.

»Aber das ist doch nicht dein Problem«, sagte Rivka wiederholt zu ihrem Mann, der in eine Rauchwolke gehüllt dasaß. Meine Mutter stand daneben und betrachtete ihren Bruder. Chaim war ungekämmt, das Hemd hing ihm aus der Hose, an einem Fuß steckte ein Strumpf, am anderen nicht. Und wie meine Mutter später bei Tisch laut überlegte, sei es *doch* Chaims Problem, denn er habe die Wäscherei mit derselben Leidenschaft vorangetrieben wie die Buchhandlung, und sie, die ihren Bruder gut kenne, verstehe, dass das Scheitern des Geschäfts ihm schwer zu schaffen mache.

Dazu kam, dass die Witwe, die letztendlich habe einsehen müssen, dass ihr neuer Schwiegersohn ein Taugenichts sei, wieder täglich in der Praxis von Doktor Schmulson ein- und ausging. Die Frau wurde am selben Tag krank, an dem Chaim sich einschloss, und litt alle paar Minuten an einer neuen Krankheit, die vielleicht jedes Mal nur eingebildet war, vielleicht aber auch seit Mindeles Verschwinden in ihr geschlummert hatte, sodass wir alle mit Sorge beobachteten, wie es mit ihr und ihren Geschäften weitergehen würde, zumal die Frau begann, wie damals Herr Sudit, wirres Zeug zu reden, was das Schlimmste befürchten ließ. Die Buchhandlung wurde derweil von Rivka und Mindele übernommen, und auch die Indiofrau arbeitete nur noch stundenweise im Knopfladen, da sie sich um die Witwe kümmern und ständig auf sie aufpassen musste. Sie kannte die alte Frau sehr gut und ertrug sie geduldig. Außerdem hatten sie einen Pakt geschlossen, sich gegenseitig zu helfen und füreinander da zu sein, wenn es einmal mit der Welt zu Ende ginge.

Über Reuvén Toledo erfuhr man lediglich, dass er abends spät nach Hause kam und das Haus am nächsten Tag frisch parfümiert wieder verließ, als wäre alles in Butter. Der einzige Satz, den Mindele aus seinem Mund gehört hatte, lautete: »Ein Glück, dass die Grippe mich nicht auch erwischt hat.« Der Mann schien das Ganze für einen Bazillus zu halten, der die Bronchien angriff und nicht die Börse und die Selbstachtung seiner Schwiegermutter. Und obwohl Reuvén meiner Mutter damit genug Stoff geliefert hätte, ihn zu verfluchen und meinem Vater vorzuwerfen, dass er solche Freunde hatte, geschah nichts dergleichen. Sie roch wohl, dass Reuvén Toledos Ende nahte, freute sich aber nicht darüber, sondern sorgte sich umso mehr um Mindele und das, was zwischen ihr und Chaim im Gange war. Ihre Beziehung nahm immer deutlicher Gestalt an und schien nun kurz davor, sich bei Tisch in Worte zu verwandeln.

Während der drei Tage, die Chaim sich in der Wäscherei einschloss, führte meine Mutter mehrere Gespräche mit Großonkel Pinkas. Einmal näherte er sich sogar der Hausecke, kam aber nicht zu uns herein. Er hielt stur daran fest: Sein Raum war die Zukunft, etwas, das nicht klar erkennbar war, jedoch enorme Möglichkeiten bot, da es an nichts und niemanden geknüpft war.

»Er ist an *uns* geknüpft«, sagte Victoria.

»Diskutier das bitte nicht mit Pinkas«, erwiderte meine Mutter. »Ich will keine neuen Theorien hören.«

31

Chaim gelangte weder zu einer Entscheidung darüber, ob er die Wäscherei auflösen sollte, noch wie er das Geschäft mit dem Waschen und Bügeln fortführen könnte, was er gern getan hätte, weil er Mindele dann, zwischen Zahlen, Quittungen, Rechnungen und Aufträgen, entkommen wäre und das Gefühlschaos vermieden hätte, das ihr unvorhergesehenes Auftauchen in der Buchhandlung bei ihm auslöste. Er wusste, dass er ihr ausweichen konnte, indem er ein Heft zur Hand nahm und Rechnungsbelege und Zahlungsforderungen durchging. Es war absurd: Sie, die ihn anstarrte, und er, der Zahlen subtrahierte und multiplizierte, während die Liebe zwischen ihnen, statt sich zu verflüchtigen, auf eine ganz eigene Weise wuchs. Später sollte Pinkas sagen: »Diese Art von Liebe gefällt mir, eine, die zu existieren versucht.«

Tatsächlich hatte Chaim nicht den Mut, die Wäscherei zuzumachen, und suchte, als er sich einschloss, nach einer Möglichkeit, um sie am Laufen zu halten, doch er fand keine, so einfallsreich er sonst auch war. Die dreitägige Klausur, während der er kein Auge zutat, brachte ihm nichts als Augenringe und ein langes fahles Gesicht ein. Und es war natürlich Victoria, die plötzlich sagte, dass ein Mann, den die Liebesdämonen gepackt hätten, gar nicht in der Lage sei, geschäftliche Entscheidungen zu treffen.

»Verliebt in wen?«, schrie meine Mutter mit funkenspeienden Augen. Bei diesem Wort, verliebt, spitzten wir die Ohren.

»Keine Ahnung, in Rivka wahrscheinlich oder in die Buchhandlung oder …«, sagte Victoria, heftig am Nagel ihres rechten Zeigefingers kauend. Hinter ihr hing ein Foto von meiner Großmutter und meinen Tanten, und bei dem Schrei verfinsterte sich das Gesicht meiner Großmutter. Meine Tanten blickten ängstlich drein. Zumindest kam mir das von meinem Platz aus so vor.

»Untersteh dich, Unruhe an diesem Tisch zu stiften«, schrie meine Mutter nun, und ich wich zur Seite, weil ich eine Ohrfeige für Victoria erwartete, die sich auf ihrem Schemel duckte, wodurch ich gänzlich freie Sicht auf das Bild mit meiner Großmutter und meinen Tanten bekam. Diese Fotografie hatten wir mit der Anweisung erhalten, sie (wie die Formulierung in dem Brief an meine Mutter wahrscheinlich gelautet hatte) im Esszimmer auszustellen. Von dort könne sie nun sehen, wie wir verbotene Dinge äßen, amüsierten wir uns.

Doch das Entscheidende war nicht das Foto oder Victoria, die nun zur Hälfte unter dem Tisch verschwunden war, sondern dass meine Schwester zum ersten Mal die Liebesdämonen zwischen Chaim und Mindele beim Namen genannt hatte, wenn auch nicht in Form einer Gewissheit, sondern eher eines kleinen Fensters, das aufgegangen war und anstelle von Licht Finsternis hereinließ, und zwei oder drei Glühwürmchen, die über unseren Köpfen schwirrten. Und doch reagierte meine Mutter nicht wie erwartet, indem sie die Hand öffnete und blitzschnell zuschlug, sondern sie tauschte mit meinem Vater Blicke, die besagten, dass meine Schwester zu viel wusste, dass sie also schon ein Teil des Gewebes war, das da zum Vorschein kam. Irgendwie, auch wenn Dämonen Dämonen bleiben und jucken, wenn sie stechen, können sie doch gelegentlich, ohne es zu wollen, eine Hilfe sein: diesmal dabei, einen konkreten Tatbestand allmählich hinzunehmen, der nicht mehr zu leugnen war. Am meisten verblüfft war Victoria, die schließlich wieder unter dem Tisch hervorkam und sich dann ein Stück Brot abbrach.

Zwei Tage darauf rief Pinkas meinen Vater an und sagte zu ihm: »Alles erledigt. Ich habe die Maschinen, Tische und Bügeleisen zu einem guten Preis verkauft und erwirkt, dass der Witwe ein Teil der Schulden erlassen werden.« Er erzählte ihm, dass er die Wäscherei an eine Konkurrenzfirma der Fabrik, in der mein Vater arbeitete, verkauft und das Geld mit Chaims Einverständnis in Kohleaktien angelegt habe. »Nach etwa einem Jahr werden wir die Aktien wieder abstoßen. Kohle ist eine überholte Energiequelle«, sagte der Großonkel. Wenig später würden wir erfahren, dass Pinkas, während er diese Geschäfte tätigte, in ein Hotel nahe dem Stadtzentrum umgezogen war. »Es ist größer und bequemer, Rose, meine kleine Rose«, sagte er zu meiner Mutter, doch mein Vater machte sich einen anderen Reim darauf: »Dieser Mann will sich einfach an nichts binden. Kaum ist er irgendwo angekommen, geht er wieder. Ohne die ständige Unsicherheit kann er nicht leben.«

Eine Woche nach der Schließung der Wäscherei ging es der Witwe wieder besser. Sie bat Chaim, Reuvén Toledo keinen Centavo von dem Geld zu geben.

»Er ist Mindeles Mann«, sagte mein Onkel.

»Er macht mich krank, und ich muss gesund werden«, erwiderte die Frau.

32

Reuvén Toledos Freundin tauchte rein zufällig in der Buchhandlung auf. Ihr gefiel die Bolero-Platte, die im Schaufenster auslag, und sie ging hinein, um sie zu kaufen. Als sie bezahlen wollte, fiel etwas aus ihrer Brieftasche, und Chaim, der sich danach bückte, sah, dass es ein Foto mit dem Freund meines Vaters war. Er war darauf Arm in Arm mit der Frau zu sehen, gerade dabei, ihr einen Kuss zu geben. Er sah sehr verliebt und glücklich aus.

»Danke«, sagte die Frau.

Sie war groß und hübsch und hatte langes lockiges Haar. Das maßgeschneiderte Kleid unterstrich ihre rundlichen Hüften und langen Beine. Um ihren Hals hing ein Medaillon mit dem Buchstaben Schin.

»Sind Sie Jüdin?«, fragte mein Onkel, der keine Ringe mehr unter den Augen hatte und rasiert war, sodass ihm die vorherigen Tage nicht anzusehen waren, sondern er im Gegenteil wie ein erfolgreicher Buchhändler wirkte.

»Nein, aber mein Mann.« Und mit »mein Mann« meinte sie zweifellos den Mann auf dem Foto.

»Scheker schreibt man mit dem Buchstaben Schin«, sagte Chaim mit finsterer Miene und öffnete die Kasse. Die Frau zahlte und lächelte. Sie hatte sehr schöne Lippen und Zähne. Und sie achtete nicht weiter auf die Worte meines Onkels oder auf seine Miene, als er das Foto aufgehoben und gehört hatte, dass Reuvén Toledo ihr Mann sei. Die Frau verließ die Buchhandlung, und zurück blieb der Duft von Parfum.

Chaim war also unwillentlich der Erste, der die Freundin von Mindeles Mann kennenlernte, allerdings nicht zu seiner Freude, sondern eher zu seinem Ärger, denn er begegnete ihr zwei Tage später erneut, und nicht, weil sie noch eine Schallplatte oder ein Buch kaufen wollte, sondern weil sie wütend war.

»*Sie* haben meinen Mann betrogen!«, kreischte die Frau, sobald sie Chaim erblickt hatte.

»Ich habe keine Ahnung, wovon Sie reden«, erwiderte Chaim, der gerade die Rechnung für eine Lieferung Bücherkisten durchgesehen hatte. Zwei Frauen, die in Modezeitschriften geblättert hatten, verfolgten die Szene neugierig.

»Die Wäscherei haben Sie ihm gestohlen«, flüsterte die Frau, die wieder Haltung einnahm, als sie sah, dass sie beobachtet wurde. Sie hat Klasse, dachte mein Onkel und bot ihr einen Stuhl an.

»Ich sage Ihnen, Sie irren sich«, sagte Chaim und steckte sich den Bleistift hinters Ohr. Er sah aus wie ein Zimmermann.

»Ich werde die Polizei holen«, zischte die Frau. Die Frauen mit den Zeitschriften kamen ein wenig näher heran.

»Ich glaube nicht, dass das notwendig ist. Es handelt sich um ein Missverständnis.« Chaim lief rot an. Das passierte ihm immer, wenn er nicht weiter wusste, und was die Frau gesagt hatte, war wie ein Kieselstein, der tief in seine Ohren gedrungen war und dort rumorte. Außerdem machten ihn die Frauen mit den Zeitschriften nervös. Sie waren ihnen nun fast auf die Pelle gerückt. Beide waren dick und hatten rötliches Haar. Wenn man sie ansah, konnte einem ganz heiß werden.

»Ich komme mit Elias wieder«, sagte die Frau und fuhr sich mit der Zunge über die Zähne.

»Er heißt nicht Elias, sondern Reuvén«, sagte Chaim und blickte zu den Frauen, die sich sofort umdrehten und miteinander tuschelten. Dann konnte man Gekicher hören. Reuvén Toledos Freundin hatte die Augen weit aufgerissen, ihre Hände hielten das Medaillon. Am maßgeschneiderten grünen Kostüm war ein Knopf aufgegangen und entblößte eine rosige Haut.

»Ich komme mit der Polizei wieder«, keuchte die Frau fast und schritt von dannen. Chaim konnte ihre Beine nun besser erkennen, durch die Nylonstrümpfe wirkten sie sehr aufreizend, doch dann standen die beiden dicken Frauen vor ihm.

»Diese arme Frau wird Ihnen bestimmt keinen Ärger machen ...« Beide sprachen gleichzeitig auf ihn ein. Die Zeitschriften in ihren Händen waren leicht zerknittert.

Und dieses letzte nervenaufreibende Erlebnis brachte Chaim dazu, zu reden und Rivka, Mindele und meiner Mutter zu erzählen, dass er der Freundin von Reuvén begegnet sei und diese sich als dessen Ehefrau ausgegeben habe. Hätte sie ihn nicht als Betrüger beschimpft, hätte er vielleicht gar nichts gesagt. Chaim mischte sich sonst nicht in anderer Leute Angelegenheiten. Sollten sie doch im Tohu und im Bohu versinken, was ging es ihn an? Er hatte zu viel erlebt, um sich wegen jeder Kleinigkeit aufzuregen.

Hatte schlangenreiche Wüsten überwunden und die Weltmeere überquert, Nächte an den gefährlichsten Orten verbracht, Männern mit Dolchen im Gürtel getrotzt. All das und mehr stand in der Biografie meines Onkels, der uns in letzter Zeit Geschichten von Marco Polo erzählte, der angeblich gar nicht an den Orten gewesen war, die er in seinen Büchern beschrieb, weil es dort nämlich ganz anders aussah und die Leute längst nicht so gut behandelt wurden, wie geschildert. »Ich bin Mongolen und Nordchinesen begegnet. Haschischdealer und Seidentuchfälscher, *die* findet man auf der Route des Khan«, sagte er uns.

Als Chaim von der Frau in dem grünen Kostüm erzählte, blickten Rivka und meine Mutter Mindele an, um ihre Reaktion zu beobachten, doch die bat nur um eine Zigarette.

»Diese Geschichten langweilen mich«, sagte Mindele und sah aus dem Fenster. »Die Stadt ist aus Eisen«, hörte meine Mutter sie sagen. Rivka wischte mit der Hand etwas vom Tisch, das gar nicht da war.

33

Reuvén Toledos Freundin kehrte, ohne Polizei und böse Absichten, am selben Tag in die Buchhandlung zurück, an dem auch der Neffe von Herrn Sudit bei uns anrief, der sich Dr. Domb nannte und erklärte, er sei reiner Mathematiker und Physiker und komme uns am Abend besuchen. An ein und demselben Tag geschahen also zwei Dinge, die nichts miteinander zu tun hatten, jedoch beim Abendessen an unserem Tisch aufeinandertrafen, wiewohl eines davon nicht ganz begreiflich war.

Es fehlte eigentlich nur Pinkas am Tisch, doch meine Mutter würde ihn schon informieren. Nicht weil sie geschwätzig war, sondern weil sie mit jemandem über ihre Ängste sprechen musste, der sie beruhigte, da sie sich in diesen Tagen sehr viel einredete, zum Beispiel, dass Dr. Domb Dinge einfordern könnte, die es gar nicht gab, oder dass Mindele irgendwann explodieren müsste, da eine verheiratete Frau unmöglich so gefasst bleiben konnte, wenn sie erfuhr, dass ihr Mann sie betrog. Und wenn es ihr wirklich gleichgültig war, dann weil etwas zwischen ihr und Chaim ablief, das war so sicher wie Flüsse ins Meer münden, und dann wäre es Rivka, die Trauer tragen müsste. Und obwohl meine Mutter über diese Dinge auch mit meinem Vater hätte sprechen können, tröstete sie Großonkel Pinkas doch in einer Weise, wie es ihr Ehemann nicht vermochte: Bei Pinkas konnte sie wieder das kleine verwöhnte Mädchen sein. Es war völlig verrückt: Meine Mutter suchte bei einem Mann nach der Vergangenheit, der nur die Zukunft gelten ließ, während er sich in ihr mit den bloßen Worten »Rose, meine kleine Rose« selbst zu finden schien.

An diesem einen Tag also passierte zweierlei. Die Sache mit Reuvén Toledos Freundin, die früh am Morgen in die Buchhandlung kam, auf Chaim zuging und ihn eine Weile ansah, als wäre mein Onkel ein Schaufenster, aus dem es etwas auszuwählen gelte. Und die sich dann hinsetzte und sagte: »Elias sagt, Sie lügen.« Sie sprach sehr sanft und leise. An dem Tag trug die Frau ihr Haar hochgesteckt und sah jünger aus. Und da um diese Zeit noch keine Kunden im Geschäft waren, gönnte sich Chaim das Vergnügen, sie ausgiebig zu betrachten.

»Warum ist er dann nicht mitgekommen?«, fragte mein Onkel.

»Weil er Angst hat und weil *er* derjenige ist, der lügt«, sagte die Frau und blickte zur Wand. Sie sah traurig aus.

»Vielleicht ist das alles ein Missverständnis.« Chaim sah sie von der Seite an, die schmalen Hände, das Handtäschchen, das sie bei sich hatte.

»Er ist nicht mein Mann, Sie wissen das.« Die Frau wandte das Gesicht jetzt zur Straße, sodass Chaim den Eindruck hatte, jemand erwarte sie draußen.

»Ich weiß nichts«, sagte mein Onkel und zog ein Rechnungsbuch hervor, um damit zu spielen. Er fühlte sich unbehaglich mit dieser Frau, die sich nie eindeutig äußerte oder vielleicht doch. Nur dass mein Onkel da nicht mit hineingezogen werden wollte.

»Aber ich möchte ihn gerne heiraten und mit ihm weit weg von hier gehen«, sagte die Frau und stand auf. Aus dieser Position sprach sie weiter. »Er ist ein guter Mensch. Ein Lügner, ein Kartenspieler, aber trotzdem ein guter Mensch.« Die Frau sah erneut nach draußen.

»Ich weiß nicht, was ich da tun könnte«, sagte Chaim und begann auf einer Rechnung herumzukritzeln. Er malte zwei Kreise und zog einen Strich hindurch. Dann schrieb er einige Buchstaben auf dem Kopf.

»Er heißt gar nicht Elias, stimmt's?« Die Frau öffnete die Tasche und holte ein Foto hervor, diesmal ein anderes. »Sehen Sie ihn sich gut an, sagen Sie mir, wie er wirklich heißt.« Auf dem Foto hatte Reuvén Toledo den Kopf auf ihre Schulter gelegt.

»Er sieht aus, als hieße er Elias. Nennen Sie ihn so.« Zwischen den Strichen, die mein Onkel auf die Rechnung malte, entstand ein kleines Schneckenhaus. Chaim malte immer Schneckenhäuser, wenn er sich entspannte, und in diesem Augenblick schwebte er förmlich. Die Schneckenhäuser, die er malte, besagten, dass er in einen Zustand völliger Ruhe einzutreten begann. Die Frau hatte sich offenbar geschlagen gegeben. Und sie war zu hübsch, um das Los Reuvén Toledos zu teilen.

»Elias, ich mag den Namen nicht. Ich glaube, Santiago ist schöner. Ich werde ihn Santiago nennen«, sagte die Frau und verließ die Buchhandlung, doch zuvor schrieb sie noch ihre Telefonnummer auf einen Zettel. »Wenn er nicht Elias heißt, rufen Sie mich an.« Mein Onkel erzählte meinem Vater von dieser Unterhaltung, die einem kitschigen Hörspiel entnommen schien, und raufte sich die Haare. »Mir passiert vielleicht verrücktes Zeug…« Doch Chaim hatte die Geschichte so erzählt, als ginge es darin nicht um Reuvén Toledo, sondern um ihn selbst, so als hätte *er* seinen Namen geändert und wäre verschwunden. Während er mit meinem Vater sprach, konnte Chaim nicht einmal ein halbes Schneckenhaus malen.

Die zweite Sache geschah an unserem Tisch, an dem als Ehrengast Dr. Isaac Domb saß. Da er Herrn Sudits unbekannter Neffe war und aus Rumänien kam, waren alle Blicke auf ihn gerichtet. Bestimmt kämen erstaunliche Geschichten zutage, sobald er den Mund öffnen würde, denn über dieses Land wussten wir überhaupt nichts, nur, dass niemand aus ihm herauskam, da Rumänien kommunistisch war. Aber Dr. Domb war irgendwie herausgekommen, also war er etwas Besonderes, verfügte über die magische Gabe, Grenzen zu überwinden oder sich unsichtbar zu machen. Der Einzige, der den Gast nicht beachtete, war Onkel Chaim, der den traurigen Anblick von Reuvén Toledos Freundin vor Augen hatte, die langen, schönen Beine, den Namen Elias. Da hatte er meinem Vater noch nichts von dem Vorfall am Morgen erzählt, was ihn zum Besitzer eines Geheimnisses machte. Rivka neben ihm lehnte an seiner Schulter, fast wie auf dem Foto der Frau.

Dr. Isaac Domb hatte eine näselnde Stimme, eine große, fleischige Nase und ebenso fleischige Lippen, tief liegende Augen und einen spitz zulaufenden gelben Bart, der sein Kinn und das schmale Gesicht länger wirken ließ. Doch er war sehr liebenswürdig und wohlerzogen und ließ einen wunderbaren schwarzen Humor erkennen, als wir ihn danach fragten, wie er aus Rumänien herausgekommen sei. »In einer Kiste mit Propaganda-Büchern«, sagte er.

Victoria ergriff die Gelegenheit zu erwidern, auszureisen sei unmöglich, es sei denn, er wäre jemand von Bedeutung oder vielleicht sogar für den Geheimdienst tätig.

»In welcher Eigenschaft?«, fragte Dr. Domb amüsiert.

»Vielleicht haben Sie andere Wissenschaftler bespitzelt, damit die nicht fliehen.« Victoria schielte zu meiner Mutter, als sie das sagte, doch die war zu beschäftigt, die vielen Teller auf dem Tisch unterzubringen.

»Wir passen nicht mehr alle an den Tisch«, sagte sie, während sie über Martas Kopf hinweg eine Salatschüssel weiterreichte.

»Ich mache mich bald wieder auf den Weg«, sagte Dr. Domb.

»So war das natürlich nicht gemeint, der Tisch ist nur ...«

»Ein Tisch«, vervollständigte Dr. Domb den Satz und zog die Schultern ein, um sich ans Essen zu machen. Dabei bewegte er die Hände sehr rasch, ließ aber keinen einzigen Krümel auf das Tischtuch fallen. Mein Vater beobachtete ihn die ganze Zeit, und Joaquín, der neben mir eingequetscht saß, sagte plötzlich zu mir, dass in genau dieser Art zu essen, in der Präzision dieses Bewegungsablaufs, die Gabel in exakt der Zeitspanne zum Teller hin- und wieder zum Mund zurückzuführen, in der man einen Bissen herunterschluckt, dass genau darin das Geheimnis der Präzision liege, die der Brotfabrikmaschine gefehlt habe. Hätte die Maschine so funktioniert, wie Dr. Domb aß, säßen wir nicht nur um einen größeren Tisch, sondern müssten auch keine Torten verkaufen. Joaquín träumte davon, Geld zu haben, um nichts zu tun. »Ich möchte leben wie eine Schildkröte«, sagte er manchmal.

»Aber Schildkröten haben doch ein erbärmliches Leben«, hatte Victoria zu ihm gesagt. »Sie sind schmutzig, behäbig und hässlich.«

»Das ist das Glück«, erwiderte mein Bruder.

Doch am Tisch war jetzt nicht die Rede von Schildkröten, sondern von Physik, denn während Dr. Domb aß, erklärte er Victoria (die sich, da sie einen Physiker vor sich hatte, eine Frage nicht verkneifen konnte), was es mit der Relativitätstheorie auf sich hatte, und alle, sogar Chaim, tauchten wir ein in die Geschichte von dem Zug, der, von Weitem gesehen, stillzustehen scheint, sich jedoch in Wirklichkeit bewegt; alles ist ein Spiel von Raum und Masse, und je schneller und je weiter entfernt, desto relativer die Bewegung, desto kürzer jedoch die Zeit für den Zug, um die Strecke zurückzulegen etc.

»Aber Sie haben uns nicht erzählt, wie Sie aus Rumänien herausgekommen sind«, sagte meine Mutter, damit sie das Essen nicht umsonst gemacht hatte. Das, was Dr. Domb erzählte, drohte nämlich interessanter zu sein als das, was sie in aller Eile zubereitet hatte (begleitet von Zoilas Flüchen, die fand, ein Gast könnte sich früher anmelden). Sie war natürlich froh, wenn alles drunter und drüber ging, denn so würden hoffentlich möglichst viele Dämonen die Flucht ergreifen. Noch immer wusste niemand, was mit Reuvén Toledo und Mindele geschehen würde. Zoila hatte mit der Indiofrau geplaudert, aber es gab nichts, was man nicht schon wusste, das heißt, die Sache war wie ein Luftballon, der sich immer weiter aufbläht, ohne zu zerplatzen. Wie ein Abszess am Gaumen, sagte

Zoila zu meiner Mutter, und solche Vergleiche versetzten meine Mutter jedes Mal in Angst und Schrecken.

»Ich bin mit einem ganz normalen Reisepass ausgereist. Ich habe eine Frau und drei Töchter in Rumänien. Und arbeite an einer guten Universität. Ich habe keinen Grund zu fliehen.«

»Also sind Sie Kommunist?«, fragte Marta und wartete gespannt auf die Antwort.

»Ich bin Wissenschaftler«, erwiderte Domb. Und strich sich über den Bart. Er hatte zu viel gegessen.

»Und Wissenschaftler lesen keine Zeitung. Überall versteckt man sie wie weiße Kaninchen«, sagte Victoria, die bereits half, die Teller in die Küche zu bringen. Dr. Domb lachte.

»Kommunisten, Faschisten, Industrielle, Bankiers: Die sind doch alle gleich«, sagte Chaim, der aus der Lethargie erwacht war, in die ihn der Wein versetzt hatte. Und da Mindele nicht da war, sah er sich mit einem Mal von Reuvén Toledos Freundinnen umgeben.

Nach dem Essen zog sich mein Vater mit Dr. Domb zurück. Später erzählte er uns, der Mann habe lediglich darum gebeten, man möge alle Hinterlassenschaften Herrn Sudits liquidieren und das Geld (das dann laut Testament tatsächlich vollständig ihm vermacht worden war) auf ein Konto in den USA überweisen. Und er sagte: »Auf den Namen meiner Töchter, irgendwann wird Rumänien schließlich am Ende sein.« Er stellte keinerlei Forderungen. »Falls etwas für mich dabei ist, bitte sehr.« Mit diesen Worten eröffnete er das Gespräch mit meinem Vater und mit den gleichen Worten (»bitte sehr«) beschloss er es auch. Von Herrn Domb, dem wir nur einmal begegneten und dessen Art zu essen uns mehr beeindruckte als seine Ausdrucksweise, blieb uns, als er sich verabschiedete, seine magere Gestalt, seine bebrillte Nase (denn er setzte eine Brille auf, als er ging) und ein riesiger Mantel, der Zoila ausrufen ließ: »Wenn Sie *den* anziehen, werden Sie bei der Hitze sterben!«

Victoria brachte es auf den Punkt: »Er ist alles, was von Herrn Sudit bleibt.«

34

Die Witwe suchte Pinkas auf, um sich bei ihm für den Verkauf der Wäscherei und den Erwerb der Aktien zu bedanken. Natürlich war sie, nach allem, was sie über ihn gehört hatte, auch neugierig, zumal inzwischen nicht nur an unserem Tisch über ihn gesprochen wurde, sondern auch in der Synagoge, wo es hieß: »Er könnte doch wenigstens vorbeikommen, um zu sehen, dass es uns gibt.« Sie traf ihn über ein Heft gebeugt an, in das er nicht schrieb, sondern zeichnete, und zwar Menschen ohne Gesichter. Diese Zeichnungen machte er mit einem dünnen blauen Tintenstift. Er saß im Hotelcafé neben einem großen Kübel mit roten und rosafarbenen Blumen und glich eher einem arrivierten Herrn aus den Tropen als einem Fremden, der fernab der Zeit lebte.

Der Großonkel lächelte sie an und lud sie mit seiner zuvorkommenden Art ein, sich ihm gegenüber zu setzen. Er sah den Leuten gerne ins Gesicht, mit denen er sich unterhielt, außerdem gingen sie ihm so nicht verloren. Uns hatte er einmal erklärt: »Links und rechts verlieren die Dinge an Kontur. Deshalb haben wir die Augen nicht an den Seiten, wie die Hühner, sondern vorne, um geradeaus zu blicken. Hühner kapieren nie, was los ist.« Dieser Gedanke hatte Victoria gefallen, brachte sie aber auch ins Grübeln darüber, wie ein Mann, der der Zeit zu entfliehen versuchte, sich Wörter bedienen konnte, die doch alle schon einmal gesagt worden waren. Doch sie fragte lieber nicht nach, obwohl meine Mutter in dem Moment nicht im Raum war. Für sie war Pinkas eine Art Puzzle, das man nach und nach zusammensetzen musste.

Als sie sich setzte, verzog die Witwe das Gesicht und gestikulierte, als wollte sie Staub wischen. Wie sie uns später sagte, habe Großonkel Pinkas sie nervös gemacht. Er habe eine Wirkung auf sie gehabt wie ein großer Rabbiner, und obwohl sie von uns wusste, dass Pinkas an nichts glaubte, hielt sie ihn für überaus weise. »Ich bin bedeutenden Männern begegnet, ihr habt sie in meiner Familie gesehen, aber er ist größer als sie«, bemerkte sie, den Blick senkend wie ein junges Mädchen, das soeben demjenigen Mann begegnet ist, den es sich anhand von Romanen und in einsamen Stunden erdacht hat.

»Er hat sie in sich verliebt gemacht«, bemerkte Victoria, und meine Mutter lächelte. Das war es, was meine Mutter unter Liebe verstand: eine Frau, die einen Mann ansah und ihn bewunderte, über ihn staunte, sich ihn nicht nur vorstellte, sondern vor ihm stand, um sich segnen zu lassen. Was zwischen Pinkas und der Witwe passierte, erinnerte meine Mutter an die Begegnung zwischen Rebekka und Isaak. Sie mochte diese Geschichte sehr, weil hier nicht von Leidenschaft die Rede war, sondern vom Engel Gottes, der zwei Menschen vereint, weil es so im Himmel geschrieben steht. Wenn sie uns diese Geschichte auf Hebräisch vorlas, klang es immer, als würde sie singen.

»Was tun Sie da?«, fragte die Witwe Onkel Pinkas.

»Ich schreibe«, antwortete er, wobei er ihr in die Augen sah.

»Aber das sind keine Buchstaben, sondern Figuren.«

»Bilder werden zu Worten; sonst könnten wir sie nicht verstehen.«

Dann tranken sie einen Kaffee und unterhielten sich, und während dieser Unterhaltung löste sich die Vergangenheit für die Witwe auf. Am Ende nahm Großonkel Pinkas die Hand der Frau und küsste sie zweimal.

»Ob es uns gefällt oder nicht, die Dinge geschehen. Sie entstehen in der Luft und suchen uns auf. Das ist das Schöne an der Zukunft: Sie schenkt uns das Unbekannte, das, was noch rein und unbefleckt ist.«

»Aber es kann auch etwas Schreckliches sein.«

»Das liegt an uns«, sagte Pinkas und begleitete die Witwe zum Hotel hinaus. Draußen strahlte der Tag, und das Gedrängel der knatternden bunten Autobusse wirkte auf sie, als stünde die Neuschöpfung der Welt bevor.

Nach dieser Begegnung voller Dankbarkeit (und Liebe, einer Liebe, wie sie meine Mutter zuließ) verlor Reuvén Toledo endgültig die Gunst der Witwe. Nicht etwa, weil Pinkas irgendetwas gesagt oder angedeutet hätte, sondern weil die Witwe zu der Ansicht gelangt war, dass auch ihr Schwiegersohn die Zukunft nicht als irgendein Kartenspiel, sondern als Richtlinie begreifen sollte, als etwas, das wirklich vom Zufall abhing und zwar nicht von einem, der durch Geld und miese Tricks beeinflusst werden konnte.

»Du wirst dich an einen eigenen Platz auf Erden gewöhnen müssen«, sagte die Witwe zu Reuvén. Jenen Tag hatte Mindele damit verbracht, zu Hause aufzuräumen und eine Bestandsliste von allem zu erstellen, was Form und Gewicht hatte, bis sie schließlich zu ihrer Mutter sagte: »Ich glaube, in diesem Haus leben vier Generationen miteinander.«

»Ich habe schon einen Platz«, sagte Reuvén nicht gerade begeistert.

»Dann geh dorthin«, sagte die Witwe. »Mit deiner Frau.« Die letzten Worte sprach sie so gelassen, als schlüge sie ein ordnungsgemäß geführtes Rechnungsbuch auf.

»Wirfst du mich hinaus?«, fragte Reuvén und blies sich dabei auf die Fingernägel. An jenem Tag hatte Mindele außerdem gesagt: »Mein Mann wird keine fünfte hervorbringen.«

»Ich gebe dir die Chance, du selbst zu sein«, sagte die Witwe und nahm eine Dose Pralinen aus dem Regal. Sie bot Reuvén davon an.

»Aber was wird aus Mindele?«, fragte Reuvén und lehnte ab. Mein Vater erklärte uns später, sein Freund sei der Ansicht, es bringe Unglück, von einer Witwe Pralinen anzunehmen.

»Was auch immer aus ihr wird, *sie* hat wenigstens einen Platz in der Welt.« Die Miene der Frau verfinsterte sich ein wenig. »Sie ist nicht so feige wie du.«

»Du beleidigst mich, liebe Leah.« Reuvén Toledo stand auf.

»Ich beleidige dich?«

Spät am Abend rief Reuvén Toledo bei Chaim an und verfluchte ihn. »Und deine Hände und Füße sollen verfaulen«, sagte er zu ihm.

»Lass mich schlafen«, antwortete mein Onkel. Und legte auf.

»Wer war das?«, fragte Rivka, die gerade ein Buch über Pflanzen las, aber in Wirklichkeit darauf wartete, dass ihr Mann zärtlich zu ihr wäre, da sie ihren Leib empfängnisbereit spürte. Das erzählte sie meiner Mutter und außerdem, dass Chaim geantwortet habe: »Ein Dämon, dem man einen Eimer Wasser über den Kopf geschüttet hat.«

35

Mindele tauchte in dem Moment bei der Buchhandlung auf, als mein Onkel gerade schließen wollte. Chaim hatte schon abgerechnet, ein paar neue Bücher und Schallplatten eingeordnet und wollte nichts weiter als nach Hause gehen, die Beine ausstrecken und an die Decke sehen. Nach der Schließung der Wäscherei hatte er, wie er meinem Vater und Pinkas erzählte, herausgefunden, wie sehr es ihn entspannte, nach oben zu sehen. Es ließ ihn an Länder denken, die er nicht kannte und wohl auch nicht mehr kennenlernen würde, weil er keine Zeit mehr dazu hatte und ihn außerdem seine Knochen im Stich ließen, wie er spürte, und ihm der Abenteuersinn abhandengekommen war. Dieser Motor lief einfach nicht mehr, und wenn er doch noch einmal ein Lebenszeichen von sich gab, dann nur, um laut stotternd wieder abzusaufen. In den letzten Tagen hatte Chaim dem Tod ins Auge gesehen, nicht, weil dieser ihn holen kommen wollte, sondern weil ihm bewusst geworden war, dass er eines Tages sterben musste, aber nicht mehr bereit war, überall zu sterben, Schakalen und Barbaren ausgeliefert, sondern nur an einem Ort, wo man für ihn beten und sich irgendwie an ihn erinnern würde. Also sah er an die Decke, stellte sich Menschen und Städte vor, Straßen und Flüsse. Und kam dabei zur Ruhe, weil er wusste, dass er hier in Würde sterben konnte.

Doch als Mindele kam (es war an dem Tag sehr heiß

gewesen), ließ sie ihn nicht nach Hause, sondern bat ihn darum, mit ihr wieder hineinzugehen und abzuschließen. Und er gehorchte.

»Soll ich das Licht ausmachen?«, fragte Chaim. Er dachte, im Dunkeln könnte er ungehemmter sprechen. »Denn im Dunkeln fühlt man sich sicher, im Dunkeln sind wir alle Gespenster«, hatte Chaim meinem Vater erklärt.

»Nein, ich möchte dich sehen«, antwortete Mindele und setzte sich meinem Onkel auf die Knie. »Ich möchte, dass du mich streichelst.«

»Hier ist nicht der richtige Ort«, sagte Chaim und sah zum Fenster. Er befürchtete, jemand könnte sie beobachten, da er das Schaufenster unvergittert ließ, damit Leute, die nachts spazieren gingen, dort vielleicht etwas Interessantes entdecken könnten. Doch von draußen konnte man Chaim und Mindele nicht sehen.

»Ich möchte deine Hände fühlen, sie um meinen Körper spüren«, sagte Mindele und streichelte meinen Onkel im Gesicht. Ihre Hand roch nach edlem Parfum.

»Wir wären hinterher nur traurig«, sagte Chaim und fügte hinzu: »Man könnte uns von der Straße aus hören.«

»Man wird nur den Radetzkymarsch hören.« Mindele zog den Rock hoch und nahm Chaims Hand, um sie sich auf die weißen Schenkel zu legen.

»Du bist ganz warm«, sagte Chaim mit belegter Stimme.

»Ich bin eine Wintersonne, und du kannst mich in eine Junisonne verwandeln.« Mindele kam mit ihrem Gesicht näher und küsste Chaim. Dann biss sie ihn in die Lippen.

»Nicht hier«, sagte mein Onkel und presste die Hand gegen Mindeles Schenkel und Magen. Auf ihrer Haut erschienen hellrosa Flecken.

»Leg eine Platte von Will Glahe auf, ich möchte verreisen und Fieber bekommen.« Mindele lächelte. Sie öffnete ihre Beine noch etwas mehr, damit sich die Hände meines Onkels freier bewegen konnten.

»Lass uns in ein Hotel gehen«, schlug Chaim vor. In der Glastür eines Bücherregals konnte er Mindele auf seinem Schoß sitzen sehen. Sie hatte große Pobacken.

»Hier oder dort spielt keine Rolle. Ich will nur, dass du mich streichelst, um meinen Körper spüren zu können.« Mindele steckte einen Finger in den Reißverschluss an Chaims Hose.

»Aber es ist grausam, was du da von mir verlangst.« Chaim ließ die Schenkel der Frau los.

»All das ist grausam. Dass es dich und mich gibt, dass ich dich suche und du nicht da bist.« Wie sie das sagte, klang es fast wie ein Lied.

»Ich bin hier. Ich will nur, dass wir in ein Hotel gehen.«

»Du bist nicht hier, Liebster, du bist immer in einem deiner Traumländer, in irgendeiner Höhle, spielst mit chinesischen Dolchen oder fliegst in einem Heißluftballon durch die Luft.«

»Wenn ich gar nicht da bin, wie soll ich dich dann streicheln?« Chaim bat Mindele aufzustehen. »Mir ist ein Bein eingeschlafen.« Sie erhob sich, noch immer mit hochgezogenem Rock.

»Such eine Platte von Will Glahe raus, vielleicht beruhigt dich das.« Mit dem Rock auf Hüfthöhe sah Mindele sehr jung aus.

»Ich bin ruhig«, sagte Chaim. Doch er war nicht ruhig, sondern verloren. Dreimal wiederholte Chaim das gegenüber meinem Vater, in der Hoffnung, er möge ihn verstehen und ihm keine Vorwürfe machen.

»Du bist ein wunderbarer Lügner. Du siehst sehr hübsch aus, wenn du lügst.« Der Rock fiel, und Mindele begann sich die Bluse aufzuknöpfen. »Hol die Will-Glahe-Platte.«

»Es gibt keine Platten von Will Glahe mehr, er hat vor dem Krieg gesungen«, murmelte mein Onkel. Halbnackt stand Mindele vor ihm und roch nach Milchseife.

»Es ist immer vor dem Krieg«, lächelte Mindele und ging auf Onkel Chaim zu.

Mehr wollte Chaim meinem Vater nicht erzählen, weil er ihm schon die Empörung ansah oder weil die Geschichte damit zu Ende war.

»Sicher, dass nichts weiter passiert ist?«, fragte mein Vater, der, während Chaim redete, die ganze Zeit über Schrauben und sich kreuzende Linien gezeichnet hatte.

»Wir sind beide in Tränen ausgebrochen«, antwortete Chaim. »Und ich bin nach Hause gegangen, habe an die Decke gestarrt und nichts gesehen.«

»Ich habe ein paar Will-Glahe-Platten«, sagte mein Vater und zerriss das Papier, auf dem er die Zeichnungen gemacht hatte.

36

Um den Tag herum, an dem Mindele Chaim gebeten hatte, sie zu streicheln (da war es tagelang sehr heiß und der Himmel sehr blau, weshalb Zoila behauptete, ein Erdbeben liege in der Luft), erzählte jemand in der Synagoge meinem Onkel, Barcas sei zurückgekehrt. Und man erzählte es ihm ohne jede Häme, ganz unschuldig, denn da die Gemeinde so wenige Sepharden zählte, war jeder einzelne von Bedeutung.

Chaim behielt es eine Woche lang für sich, aber schließlich sagte er es uns. Er tat es, damit mein Vater von Barcas die Pläne für die Brotfabrikmaschine zurückfordern könne, wie er meinte, in Wirklichkeit aber, um der Beziehung zwischen ihm und meinem Vater eine neue Richtung zu geben, da dieser ihn schief ansah, seit er ihm das mit Mindele erzählt hatte. Auch wenn mein Vater lächelte, hatte Chaim das Gefühl, er mache ihm Vorwürfe und erwarte sogar von ihm, dass er weggehe.

»Wenn er ein ehrenhafter Mann ist, wird er mich aufsuchen«, sagte mein Vater. »Obwohl Ehre ein seltenes Gut geworden ist, so selten wie schwarze Diamanten.« Diese letzten Worte hämmerten in Chaims Ohren und ließen meine Mutter hellhörig werden.

»Vielleicht bringt er dir das Geld, das er für die Pläne bekommen hat«, sagte Marta.

»Wir wissen nicht, ob er sie verkauft, verloren oder

aufgegessen hat«, sagte mein Vater und verbot uns, weiter darüber zu sprechen.

»Aber ...«, widersprach meine Mutter.

»Diese Brotfabrikmaschine taugt nichts. Reuvén Toledo hatte Recht. Es gibt modernere und präzisere Maschinen«, sagte mein Vater und bat um den Salat. »Die Schraubenproduktionsmaschine, *die* funktioniert. Ich muss nur hier und da noch etwas nachbessern.«

»Und werden wir dann berühmt sein?«, fragte Joaquín.

»Wir werden nützlich sein«, sagte Victoria, und mein Vater drückte ihr zärtlich die Nase. Das tat er immer, wenn meine Schwester etwas von sich gab, was er für sehr gescheit hielt.

Trotzdem bat mein Vater Chaim, ihn zu begleiten, um Barcas danach zu fragen, was passiert sei. Sie suchten überall nach dem Mann, aber der war wie vom Erdboden verschluckt. Und anlässlich dieser Suche ging mein Vater eine ganze Woche lang in die Synagoge, woraufhin der Rabbi und die Anwesenden schon dachten, er habe zu G-tt zurückgefunden und eingesehen, dass die Ketzerei nur dazu führe, dass G-tt einen vergesse, wogegen mein Vater nicht widersprach, um keinen Streit heraufzubeschwören. Beim Beten aber sah er sich dauernd um. Und in Wahrheit betete er auch gar nicht, sondern vermengte hebräische Wörter mit den Bezeichnungen der Orte, an denen der Mann sein konnte, der seine Pläne mitgenommen hatte. Und obwohl diese Mischung manchmal zu Ergebnissen führte (auf die Idee mit der Schraubenproduktionsmaschine war er auch beim Beten gekommen), scheiterte sie in Barcas' Fall.

Chaim erging es ähnlich, er sah häufig zur Decke, doch es fiel ihm nichts ein.

»Wir werden alt«, sagte mein Onkel.

»*Ich* vielleicht schon. *Du* aber hast dich offensichtlich in etwas verwandelt, wofür ich keine Worte finde«, sagte mein Vater.

»Ich schwöre dir, dass wir beide in Tränen ausgebrochen sind, das war alles«, sagte Chaim und reichte meinem Vater das Gebetbuch. Der Rabbi hatte ihn aufgefordert, auf die Bima zu steigen.

Doch G-tt zeichnet die Pläne und wir durchmessen sie. Und zum Sabbatausgang erschien Barcas, und seine Blicke trafen sich mit denen meines Vaters. Und bevor der reagieren konnte, war der Mann wieder verschwunden. Und so ging das einige Male seit jenem Samstag. Barcas kam in die Synagoge, sah meinen Vater und verschwand. Vielleicht versteckte er sich ja in der Mikwe oder in dem kleinen Garten mit dem Springbrunnen oder in der Synagogenküche. Wir sollten es nie erfahren. Schließlich zeigte der Mann Gesicht und schwor, er habe die Pläne verloren. Er war dürr geworden und hatte tief liegende Augen. Man sah ihm an, dass es ihm nicht gut ging.

»Wenn es nicht stimmt, will ich einen Herzanfall kriegen«, sagte er.

»Dein Herz besteht aus Lumpen«, sagte Chaim. Die in der Synagoge Anwesenden hatten einen Kreis um sie gebildet, und der Aufruf des Rabbi zum Gebet zerstob in der Luft wie von einer Kinderhand aufgescheuchte Schmetterlinge.

»Wenn er schwört, dass er sie verloren hat, dann wird

es wohl so sein«, sagte mein Vater und rückte sich Tallit und Kippa zurecht, die ihm verrutscht waren.

»Amen«, sagten zwei Alte und wandten sich wieder dem Rabbi zu. Dieser begann zu singen.

Chaim konnte bestätigen, dass mein Vater nie vorgehabt hatte, Forderungen an Barcas zu stellen. Er hatte ihm lediglich in die Augen sehen wollen, und als er es schließlich tat, erschrak er: Barcas hatte die unendlich traurigen Augen eines Menschen, der aufgehängt werden soll.

Mein Vater ging wieder wie früher nur noch sporadisch in die Synagoge, und wenn er Barcas dort sah, konnte er ihn dabei beobachten, wie er sich vor ihm versteckte. »Ich begegne ihm nur ungern«, sagte mein Vater und erklärte uns, dass der Mann, der ihm seine Pläne weggenommen hatte, sehr leide, wenn er ihn ansehe. Meine Mutter sagte seltsamerweise nichts dazu. Und als wir es Pinkas erzählten, sagte der: »Aus diesem Grund existiert nur die Zukunft. Alles andere ist eine Qual.«

37

Samuel Echeverri, der neue Chef meines Vaters, war ein Mann von Kultur. Man merkte, dass er ziemlich viele Bücher gelesen und etwas für Kunst und Architektur übrig hatte, doch vor allem war er sehr neugierig auf alles Neue. Nicht nur was seine eigenen Vorlieben oder das Ingenieurwesen anging, sondern ihn interessierte auch Musik, das Judentum, das Essen, die Herkunft des Porzellans, das meine Mutter im Esszimmerschrank aufbewahrte, die alten hebräischen Bücher, alles. Meine Mutter sah es gern, wenn er zu uns kam, um mit meinem Vater an der Schraubenproduktionsmaschine zu arbeiten. Immer hatte er etwas für uns dabei: Bonbons, Kuchen, Holzpüppchen. Und obwohl er eher schüchtern war – er gab nie Begrüßungsküsse, sondern streckte immer nur seine dicke, behaarte Hand aus –, legte er einen feinen Sinn für Humor an den Tag, wenn sich die Gelegenheit bot. Dann übertrieb er, lachte, stellte Vergleiche an, schauspielerte. Und war dennoch sehr zurückhaltend und elegant im Umgang (was auf eine gute Erziehung hinwies) und sprach ein sehr reines, ja sogar altes Spanisch. Es war voller altertümlicher Ausdrücke, weshalb meine Mutter sagte: »Es hört sich an, als ob er Ladino spricht.«

»So einen Mann wie Herrn Echeverri heirate ich mal«, sagte Victoria. Auch meine Schwester freute sich immer sehr, wenn Samuel Echeverri zu uns nach Hause kam, weil man mit ihm über so viele Dinge sprechen konnte und es den Mann nie zu stören schien, wenn man ihm Fragen stellte oder bei der Arbeit zusah.

In den Tagen, in denen die Schraubenproduktionsmaschine fertig wurde und so funktionierte, wie sie funktionieren sollte, ohne Metallabfälle übrig zu lassen, blühte das Geschäft mit den hausgemachten Torten (weshalb man daran dachte, es im größeren Rahmen außer Haus zu verlegen), und die Schwangerschaft meiner Mutter war offensichtlich geworden. Sie war nun dick und hatte geschwollene Beine.

»Sie sollten sich schonen, eine Schwangerschaft in Ihrem Alter ist nicht unbedingt harmlos«, sagte Samuel Echeverri. An diesem Tag hatte er uns Maisfladen mitgebracht, und da sie süß waren und mit Käse oben drauf, aßen wir sie auf der Stelle.

»Sie wollen damit doch nicht etwa sagen, dass ich alt bin?«, machte sich meine Mutter über ihn lustig. Sie brachte es nie über sich, Samuel Echeverri zu duzen, da der Mann ihr großen Respekt einflößte und sie außerdem wegen seines weißen Schnurrbarts und der gebogenen Nase an ihre Kindheit in Saloniki erinnerte. Wie mein Großvater konnte meine Mutter sich mithilfe weniger Anhaltspunkte eine eigene Welt erschaffen.

»Davon bin ich weit entfernt. Sie sehen sehr gut aus. Doch Sie haben viele Kinder geboren und sind ...«

»... am Ende«, lachte meine Mutter. Wenn sie sich mit Samuel Echeverri unterhielt, war sie immer sehr gelöst, und nicht einmal Victorias Dreistigkeit machte ihr Sorgen. »Wie wäre es, wenn Sie dieses Wochenende zum Abendessen zu uns kommen? Und bringen Sie Ihre Familie mit, sie ist sicher wundervoll.«

»Ich werde allein kommen. Ich lebe nicht mit meiner Familie zusammen.« Dies war das einzige Mal, dass wir einen Schatten über Samuel Echeverris Gesicht huschen sahen. Sein rosiges, sommersprossiges Gesicht zog sich in die Länge und seine Augen wandten sich kurz ab. Doch sofort fasste er sich wieder. »Und wie lautet die Kleiderordnung, elegant oder ...?«

Von meinem Vater, der sich eng mit ihm angefreundet hatte, erfuhren wir, dass Samuel Echeverri mit seinen Schwestern zusammenlebte. Und dass er schon seit vier Jahren wegen eines Alkoholproblems von seiner Frau getrennt war. Der Mann hatte zu trinken begonnen, bis er beinahe alles verloren hatte, und als er schon fast auf der Straße zu enden drohte, kümmerten sich seine Schwestern um ihn. Zuerst brachten sie ihn aufs Land, wo er zu einem begeisterten Leser wurde, und dann verschafften sie ihm den Job in der Textilfabrik. Da sie wichtige Aktionärinnen der Firma waren, war das nicht schwierig.

»Und du wirst nie wieder trinken«, sagten die Schwestern zu ihm.

»Mir ist jetzt nicht mehr weh ums Herz«, erwiderte er.

Samuel Echeverri wohnte im Stadtteil Villanueva in einem Haus, das viel zu groß für ihn und seine Schwestern war. Doch dort hatten diese ihr ganzes Leben verbracht, und es machte ihnen nichts aus, so viel Platz für sich zu haben, den sie im Übrigen mit vielen Kanarienvögeln und Katzen teilten. Als ich einmal mit meinem Vater dort war – wir brachten Samuel Echeverri ein paar Bücher, die er sich über Chaim aus dem Ausland hatte kommen lassen –, kam es mir vor, als beträten wir einen Palast. So viele Pflanzenkübel in den Gängen, so viele Bilder an den Wänden, so viele Glasschränke mit feinem Geschirr darin, so viele Möbel in allen Stilrichtungen. Hier schien eine Menge Geschichte versammelt, und gleichzeitig wirkte es sehr einsam; die Schwestern bekamen wir kaum zu Gesicht, eine schwarze Frau kümmerte sich um uns. Sie hatte eine weiße Schürze um und sorgfältig geschnittene Fingernägel. Alle Gegenstände und Personen in dem Haus wirkten ein wenig zu akkurat.

»Bald wird es solche Häuser nicht mehr geben, man kann sie einfach nicht instand halten. Man braucht zu viele Dienstmädchen dazu, und es macht einfach keinen Sinn, dass eine so große Fläche so leer steht«, sagte Samuel Echeverri. Zwei Katzen sahen uns von einem Stuhl aus an.

»Aber es ist ein wunderschönes Haus«, sagte mein Vater tief beeindruckt, vor allem von den vielen zweiblütigen Pflanzen im Garten.

»Und so ruhig«, meinte Samuel Echeverri.

»Wie die Straßen in diesem Viertel«, sagte ich.

»Wie die Bäume, wie die Treppen. Aber wir werden die Letzten sein. Die Leute nach uns werden nicht mehr verstehen, was wir getan haben, und alles zerstören«, sagte Samuel Echeverri. Aber es klang weder betrübt noch feindselig. Er ließ es beiläufig fallen, als habe er die Tür eines Käfigs geöffnet, um den Kanarienvogel davonfliegen zu lassen. Die Katzen sahen uns immer noch an.

Als die Schraubenproduktionsmaschine fertiggestellt war, wurde sie in die Textilfabrik gebracht und dort in Betrieb genommen. Auch Großonkel Pinkas kam dorthin, um sie sich anzusehen.

»Nun kannst du sie vergessen, andere Maschinen werden kommen«, sagte er zu meinem Vater. Und ging dann zu Samuel Echeverri, um ihn zum Abendessen einzuladen. Die beiden hatten sich auch angefreundet und verbrachten, wie mein Vater erzählte, Stunden damit, zu überlegen, was alles passieren konnte. Sie konstruierten irgendeine Zukunft und nahmen sie dann wieder auseinander, um die nächste zu erschaffen. Auf diese Weise hatten sie, wenn sie auseinandergingen, nichts getan und fühlten sich genauso frei wie zuvor.

38

Eines Sonntagnachmittags statteten uns die beiden Schwestern von Samuel Echeverri, auffallend elegant gekleidet, einen Besuch ab. Es war ein regnerischer Tag gewesen, und wir hatten alle, diesmal wirklich alle, mit Großonkel Pinkas in seinem Hotel zu Mittag gegessen. Doch wir waren früh nach Hause gegangen, weil Pinkas gesagt hatte: »Das reicht, ich bin müde.« Und es schien ihm wirklich nicht gut zu gehen, er musste sehr oft rülpsen. Als die beiden Frauen auftauchten, waren meine jüngeren Geschwister schon im Bett, und über dem Haus lag Stille. Nur meine Mutter und Zoila sprachen in der Küche über Pinkas' Rülpser.

»Wer weiß, was er gestern zu Abend gegessen hat«, sagte Zoila. Dann sprachen sie über Mindele. Zoila hatte am Nachmittag ein wenig mit der Indiofrau geplaudert, und die hatte ihr erzählt, dass Mindele zu Reuvén Toledo gesagt habe: »Wir waren niemals verheiratet, es ist besser, wenn du gehst.« Und Reuvén hatte die Koffer gepackt und war gegangen. »Jetzt ist tatsächlich keiner von uns beiden je geboren worden«, waren Mindeles Worte gewesen, als sie hörte, wie die Tür zuschlug. »Sie muss verrückt sein«, meinte Zoila.

Und während sie sich in der Küche unterhielten, klingelte es. Meine Mutter ging, um zu öffnen, und vor ihr standen die zwei Frauen und überreichten ihr lächelnd einen Korb mit Obst. »Von unserer Finca«, sagten sie und blieben an der Tür stehen, da sie nicht hereinkommen wollten, obschon meine Mutter sie dazu aufgefordert hatte. Schließlich sagten sie »Vielen Dank«, machten kehrt und gingen zu dem hellblauen Straßenkreuzer zurück, der auf sie wartete. Das war alles.

Doch von da an verlor allmählich das für uns an Kraft, was drohend wie die Tage von Ägypten und Babylonien über uns geschwebt hatte, vielleicht, weil Mindele gesagt hatte, sie sei nie geboren worden, vielleicht auch, weil die Dämonen von Großonkel Pinkas und Samuel Echeverri in ihre Schranken gewiesen worden waren, wie Victoria behauptete. Sie sagte, wir müssten auch so denken wie die beiden Männer: »Für sie kommen alle Dinge unerwartet, aus allen Richtungen und sind unbestimmbar. Deshalb bleiben sie immer fremd und neu, wir dürfen sie also verstehen, wie wir wollen, oder sie auch nicht verstehen, da wir keine Verpflichtung ihnen gegenüber haben.« Wir wussten nicht recht, was meine Schwester damit meinte, und sahen uns lieber das Obst in dem Korb an, den man uns mitgebracht hatte: Orangen, Zitronen, Mangos und Erdbeerbaumfrüchte. Frisch gepflückt.

Doch es war noch etwas Bedeutenderes an diesem Tag passiert, von dem Zoila nichts wusste. Nur Rivka erfuhr am Abend davon: Mindele war in einem Park nahe dem Stadtzentrum auf Reuvéns Geliebte getroffen, und sie hatten sich nicht beschimpft, sondern nur angesehen und schließlich auf eine Bank gesetzt, wo sie sich Hand in Hand unterhalten hatten.

»Ich liebe deinen Mann sehr«, sagte Reuvéns Freundin.

»Es muss schön sein zu wissen, dass er nun keine Angst mehr hat«, sagte Mindele.

»Aber er ist dein Mann«, sagte die Frau und drückte Mindeles Hand.

»Seit wann folgst du mir?«

»Schon seit einem Monat. Ich wollte wissen, wie du bist, was du machst.«

»Was hast du mit ihm vor?«

»Ihn zu lieben.«

»Verlier dich nicht zu sehr in deinen Träumen«, sagte Mindele. »Erst nährst du sie, und dann verursachen sie dir Schmerzen wie eine Geburt, bei der man nichts gebärt.«

»Ich träume nicht«, hatte die Frau geantwortet.

»Eine sehr schöne Frau«, sagte Mindele später zu Rivka.

Nach dieser Unterhaltung waren sie durch den Park spaziert, bis die Leute aus der Elf-Uhr-Messe kamen und sich erst der Vorhof der Kirche und dann der Platz füllte, auf dem sonntags immer der Zapfenstreich gespielt wurde. Mindele blieb stehen, um der Musik zuzuhören, während sich Reuvén Toledos Freundin wiederholt verabschiedete.

»Sie ist weggegangen wie ein kleines Mädchen, dem man das Geschenk gegeben hat, das es selbst irgendwo versteckt hatte«, sagte Mindele zu Rivka.

»Das ist ja grauenvoll«, murmelte Rivka.

»Warum benutzt du nur immer so dramatische Wörter?«, machte sich Mindele über sie lustig.

»Weil du dich mit der Geliebten deines Mannes unterhalten hast.«

»Nein, ich habe mich mit der Frau unterhalten, die meinen Mann liebt.«

Zwei Tage später würde Mindele Victoria erzählen, sie habe, während sie mit Reuvéns Freundin gesprochen habe, das Bild von Chaim auf sich zukommen sehen, habe es aber nicht anfassen können, weil eine riesige Glasscheibe zwischen ihnen gewesen sei. »Er war in einem Schaufenster ausgestellt, doch es war Sonntag und die Geschäfte waren geschlossen.«

»Wenn das herauskommt, bringst du meine Mama und Rivka damit um.«

»Sie werden sagen, dass ich Fieber habe.«

»Ich erzähle es ihnen nicht«, sagte Victoria.

»Wenn Chaim und ich Vögel geworden sind, musst du es erzählen.«

39

»Ich bin alt«, sagte Chaim erneut zu meinem Vater. »Mein Herz ist vertrocknet.«

»Dann musst du wohl bald sterben«, erwiderte mein Vater, während er die Einzelteile einer Uhr betrachtete, die er auseinandergenommen hatte.

»Schon möglich, ich mache das Fenster auf und lasse mich fallen.«

»Du hast doch nicht etwa vor, dir etwas anzutun?«, fragte mein Vater alarmiert, und einige Metallteilchen kullerten über den Tisch. Es war eine alte, gelbe Uhr, manche Teile waren schon rötlich.

»Nein, bestimmt falle ich direkt auf Barcas, er kann mir als Sprungtuch dienen«, versuchte Chaim zu scherzen. Doch er war wirklich müde. Meinem Onkel ging es nicht gut. Man merkte es an seinem Schweigen bei Tisch, daran, dass er den Gesprächen nicht folgte und sogar zeitweise einschlief, was Marta und Joaquín zum Lachen brachte, weil Chaim dann der Mund offenstand und ein dumpfes Geräusch aus seinem Innern kam, das sich anhörte wie das ferne Rauschen einer Autobahn.

»Ich glaube, ich habe ein Schräubchen verloren«, sagte mein Vater und begann, seinen Schoß danach abzusuchen.

»Wenn es keine Uhren gäbe, sähe die Welt vielleicht anders aus, so wie für die Wüstenstämme. Die messen die Zeit mit den Augen«, sagte Chaim und warf ein wenig den

Oberkörper nach hinten. Er war etwas dick geworden, und seine Hände hatten an den Fingern Falten bekommen.

»Eine Reise würde dir vielleicht gut tun. Sag deiner Mutter, dass du Geld brauchst, um nach Tanger zu fahren.« Es war das erste Mal, dass mein Vater Onkel Chaim gegenüber meine Großmutter erwähnte.

»Und warum nach Tanger? Ich würde lieber an den Amazonas fahren.«

»Da würden dich die Mücken fressen.« Mein Vater hatte das Teilchen gefunden. Es hatte auf seinem Schuh gelegen.

»Genau das will ich ja«, sagte Chaim und stand auf. Er wäre wahrscheinlich gegangen oder hätte sich aus dem Fenster gelehnt, das zum Hof hinausging. Er schaute gerne auf den Zitronenbaum und den kleinen Kräutergarten, den meine Mutter und Zoila angelegt hatten. Er sagte immer, es sei ein besonders jüdischer Hof. Doch weder ging er, noch sah er aus dem Fenster auf den Hof, sondern blickte meine Mutter an, die mit einem Brief in der Hand hereinkam.

»Er ist von Reuvén Toledos Bruder. Er schreibt, seine Schwester liegt im Sterben.«

»Dann ist sie vielleicht schon gestorben, der Brief ist sicher zwei Wochen alt«, sagte Chaim.

»Hier steht, die Krankheit in ihren Beinen sei auf den Magen und dann auf den Hals übergegangen. Pilze sind wirklich etwas Schreckliches. Du musst deinen Freund benachrichtigen«, sagte meine Mutter schließlich. Mein Vater hielt in seiner Arbeit an der Uhr inne und zuckte mit den Achseln.

»Dazu müsste man erst mal wissen, wo er ist.«

In der Synagoge wusste man es, also ging mein Vater zu Reuvén Toledo, um ihm zu sagen, dass seine Schwester im Sterben lag, ja, vielleicht schon gestorben war. Und der Mann verzog kaum eine Miene.

»Wir müssen alle einmal sterben«, sagte er. Er wohnte bei seiner Freundin, und es war ihm anzusehen, dass man dort gut für ihn sorgte. Als mein Vater ihn besuchte, trug Reuvén Toledo einen roten Morgenmantel und Seidenpantoffeln. Er war frisch frisiert und rasiert und roch nach teurer Lotion. Wie ein Filmschauspieler sah er aus.

»Aber sie ist deine Schwester«, sagte mein Vater und blickte ihm in die Augen.

»Sie wird mich schon in meinen Träumen aufsuchen, und dann werde ich sie umarmen. Ich habe kein Geld für eine Reise. Ich habe genug, um zu essen, mich gut anzuziehen und für Zigaretten, aber ansonsten keinen Centavo.« Seine Stimme klang, als käme sie aus einem rostigen Grammophon.

»Du könntest wenigstens einen Brief schreiben. Ich schicke ihn für dich ab.«

Doch Reuvén Toledo wollte kein einziges Wort schreiben und auch nichts mehr dazu sagen. Er zog sich zurück. Mein Vater konnte bereits bei diesem einen Besuch feststellen, dass sein Freund nur ein weiterer Gegenstand in jener Wohnung war. Bestimmt hatte die Frau ihm zur Bedingung gestellt, nur ein Gegenstand zu sein, und Reuvén hatte eingewilligt. Ein hübscher Kanarienvogel in einem schönen Käfig. Mein Vater ging also und schrieb in einer nahe gelegenen Bar an den Bruder von Reuvén. Einen kurzen Brief, wie er uns sagte, den er per Eilboten abschickte.

Einen Monat später kam er wieder zurück mit dem Vermerk: Empfänger unbekannt.

»Sie wird wohl gestorben sein«, sagte mein Vater.

»Oder sie sind umgezogen«, sagte Victoria. Der Großonkel im Hotel hatte eine ähnliche Vermutung. »Sie sind weggezogen. Auch ich werde bald weggehen«, sagte Pinkas. Meine Mutter sah ihn mit weit offenen Augen an.

»Ziehst du in ein anderes Hotel?«

»Rose, meine kleine Rose«, lautete die Antwort. Das geblümte Kleid, das meine Mutter trug und das ihren besonderen Umständen eine gewisse Frische verlieh, gab auch Pinkas Worten einen ganz besonderen Klang. Sie funktionierten genau. So wie die Uhr, die mein Vater wieder zusammengesetzt hatte.

40

Meine Mutter war tief betroffen darüber, dass Reuvén Toledos Schwester von Pilzen aufgezehrt worden war. Sie versuchte sich das nicht nur vorzustellen, sie fragte sogar bei Doktor Schmulson nach, auf welche Weise man starb, wenn man von Pilzen befallen wurde. Und dessen Antwort war so konfus, dass sie lieber Zoilas Version glaubte: Das Hausmädchen behauptete, sie habe schon jemanden so sterben sehen. »Man schläft ein und ist am Ende tot. Ohne was zu spüren.«

»Was ist wohl aus dem Bruder geworden?«, fragte meine Schwester Marta.

»Der hat sich bestimmt unter seinem Zigeunerhut versteckt«, meinte Joaquín.

»Und ist davongeflogen wie die Kobolde in den Märchen«, sagte Miriam, die schon ein paar Wörter sprechen konnte. Sie sagte das natürlich nicht wortwörtlich so, sondern gab uns auf ihre Weise zu verstehen, dass ein Mann mit einem großen Hut fliegen musste.

Und damit, dass er flog und wir uns vorstellten, wie er wegflog, nahmen die Tischgespräche über Reuvén Toledos Bruder und seine Schwester ein Ende. Wir sahen sie noch am Horizont, wo sie sich, da es in diesen Tagen so viel regnete, verflüssigten und verschwanden.

Was uns allerdings jede Menge neuen Gesprächsstoff lieferte, war ein Brief von meiner Tante Lia. Als der Briefträger ihn brachte, regnete es in Strömen. Zoila dachte, es sei ein Päckchen für meinen Vater, eine Zeitschrift oder so etwas, so dick war er. Mit ihrer großen, regelmäßigen Schrift und ganz vielen Notizen am Rand (meine Tante hatte den Brief also mehrmals wieder gelesen und korrigiert), erzählte sie von der Liebe und von London. Anfangs machte sich meine Mutter über das lustig, was mein Vater laut vorlas, doch dann wurde sie so davon in den Bann gezogen, dass sie meinen Vater darum bat, den Brief noch einmal vorzulesen, aber nur ihr allein. Auf über zehn Seiten schrieb meine Tante Lia, dass sie sich endlich lebendig fühle. Und nicht, weil sie jemanden liebe oder sich geliebt fühle – was meine Mutter aufhorchen ließ, da Lia auch schrieb, dass sie geheiratet hatte –, sondern weil sie endlich zur Ruhe gekommen sei und nicht mehr mit dem Gefühl durch die Stadt gehe, dass sie in London lebe, sondern dass sie dort lebe, wo sie leben wolle. »Ich habe keine Angst mehr«, schrieb sie und oben drüber klein: »Deshalb ist jeder Tag ein schöner Tag.«

Ihrem Brief zufolge, in dem bestimmt die Wahrheit stand, denn die Schrift war sehr schön, hatte Lia einen Mann geheiratet, der Krüge sammelte und so sehr damit beschäftigt war, dass er gar keine Notiz von meiner Tante nahm. »Ich bin also frei und gehe Kaffee trinken oder setze mich in die Küche. Und während er seine Sammlung studiert, stelle ich mir alles vor, was ich will. Er fordert nie etwas von mir. Und ich auch nicht von ihm. Ihr werdet sagen: Wie furchtbar, so zu leben, ohne wahrgenommen zu werden.

Das muss sehr einsam sein. Aber nein, ich bin nicht einsam. Nur umgeben von Schweigen. Die Worte sind es, die einen quälen.«

»Deine Schwester ist verrückt geworden«, sagte meine Mutter.

»Glaube ich nicht«, sagte Chaim. »Die Worte sind es, die uns quälen. Wenn wir alle schweigen würden, und jeder einfach das täte, was er wollte, dann wäre das Leben wunderbar.«

Rivka drehte sich heftig um. »Du bist auch verrückt geworden!«

»Tante Lia ist wunderbar. Ich stelle mir vor, wie sie in der Küche Apfelkuchen backt und dabei singt und tanzt«, sagte Victoria.

»Oder auf ihr Fahrrad steigt und den Fluss entlangfährt«, sagte Marta. All das, was über sie gesagt wurde, führte dazu, dass Lia erneut unter uns war, in ihren eleganten Kleidern, mit ihren gepflegten Händen, während sie dafür sorgte, dass es hübsch war bei uns. Viele der Vasen und Fläschchen, der bemalten Teller und Krüge waren Geschenke von ihr. »Ich brauche Farbe in diesem Haus«, hatte sie gesagt und das Mitgebrachte irgendwohin gestellt. Dann hatte sie um Wasser für die Blumen gebeten, denn immer hatte sie Blumen mitgebracht.

Mit Lias Brief, den meine Mutter wieder und wieder las und von dem Victoria eine Kopie erstellte, um sie Mindele zu bringen, gelangte eine neue Version der Liebe zu uns. Die Liebe war schweigen und spazierengehen, schöne Dinge betrachten und nicht wissen, wo man war.

»Deine Schwester würde ich gern kennenlernen«, sagte Großonkel Pinkas zu meinem Vater. »Diese Frau würde mich schon glücklich machen, wenn ich sie nur ansähe.«

»Schreib ihr doch.«

»Nein, ich würde sie nur gern sehen und hinter ihr herlaufen.«

»Damit würdest du in die Vergangenheit zurückkehren und du bist doch ein Mann der Zukunft«, sagte mein Vater, und der Großonkel lächelte.

»Ich habe gesagt, ich würde sie gern kennenlernen.«

Dann sagte Victoria zu meiner Mutter: »Mindele würde gerne an dem Brief im Original riechen, ihn anfassen. Sie ist ganz hingerissen davon. Sie kann ihn auswendig.«

»Sag ihr, sie soll vorbeikommen und ihn hier lesen«, sagte meine Mutter. Es machte ihr nichts aus, dass meine Schwester eine Kopie erstellt hatte. Der Brief war so schön und so gut geschrieben, dass man ihn nicht nur lesen, sondern auch anfassen und an ihm riechen musste. Meine Mutter hatte es bereits getan.

Nach diesem Brief von Lia suchte mein Vater nach noch mehr Uhren, die er auseinandernehmen und wieder zusammensetzen konnte. Samuel Echeverri verschaffte ihm einige sehr komplizierte teure Exemplare.

»Das, wonach du suchst, wirst du darin nicht finden.«

»Das macht nichts«, sagte mein Vater.

41

Mindele sagte zu Chaim: »Ich werde dich in aller Stille lieben.« Und mein Onkel, der jedem erzählte, wie alt er sich fühlte, sagte zu Mindele: »Eines Tages wird diese Liebe enden.«

»Sie wird nicht enden, so wenig wie Diamanten enden. Und du weißt, wie schön die Liebe in aller Stille ist. Sie tut niemandem weh. Nicht einmal uns.«

»Für so etwas bin ich schon zu alt«, murmelte Chaim und schlug ein Buch mit großen Fotografien von Blumen auf.

»Du denkst an mich. Für dich bin ich eine dieser Blumen.«

»Ja, du bist eine dieser Blumen.«

»Und ich bin auch die Farbe dieser Blumen.«

»Ich glaube schon.«

»Und dann küsst du mich und gehst, denn wir sind in New York und du musst zum Zug. Du hast es eilig.«

»Ich habe es nicht eilig. Ich bin nur müde.«

»Aber du umarmst mich.«

»Ja, ich umarme dich.«

»Und während du mich umarmst, wird dir klar, dass du den Zug verpasst hast, aber es ist dir egal.«

»Stimmt, aber trotzdem gehe ich und laufe die Straße hinunter.«

»Ich laufe dir hinterher und rufe, dass du mir noch einen Kuss geben sollst.«

»Die Leute werden erschrecken. Sie werden denken, ich hätte dich bestohlen.«

»Sie werden nicht erschrecken, in New York erschrickt niemand.«

»Du hast Recht, es ist zu laut dort«, sagte Chaim und lächelte. Er war tatsächlich ins Träumen geraten und hatte sich schon in Hut und Mantel und umgeben von blauen und grünen Lichtern gesehen. »Danke«, sagte er schließlich zu Mindele.

»Du bist ein Macho, andere Männer wären stehen geblieben«, machte sich Mindele über ihn lustig.

Auf diese Weise gelangte Mindeles Liebe zu Chaim an unseren Tisch. In aller Stille. Meine Mutter wusste, dass sie ihn liebte; mein Vater auch. Wir begriffen, dass irgendetwas vor sich ging. Rivka begriff es auch und wollte etwas sagen, doch sie hielt sich zurück. »Durch Worte nährt man die Dämonen«, sagte sie zu meiner Mutter. Und so tauchten die Dämonen, die unsere Familie angeblich zerstören wollten, gar nicht erst auf. Auch wenn anfangs eine gewisse Spannung geherrscht hatte – man konnte ja nicht einfach zulassen, dass Mindele und Chaim sich vor aller Augen liebten –, geschah schließlich nichts. Dem Großonkel gefiel diese Situation sehr: »So weiß niemand, was los ist.«

»Alle wissen, was los ist«, sagte meine Mutter.

»Sie wissen es nicht, sie stellen es sich nur vor. Ohne darüber zu sprechen, Rose, meine kleine Rose.«

»Aber Rivka leidet.«

»Sag ihr, dass sie die Worte für sich behalten soll, die sie sagen will.«

»Das ist unmöglich.«

»Ist es nicht. Ich habe alle Worte für mich behalten, unter denen ich gelitten hätte.«

»Ich lebe unter Verrückten«, sagte meine Mutter.

»Danke G-tt dafür.«

»Du glaubst doch gar nicht an G-tt«, sagte Victoria, die meine Mutter zu Onkel Pinkas begleitet hatte. Seit dem Brief meiner Tante Lia verstanden sich die beiden wieder besser. Ich nehme an, sie schwiegen über vieles.

»Ich habe nie gesagt, dass es ihn gibt oder nicht gibt«, erwiderte Pinkas und strich über die Blume in seinem Knopfloch.

»Und was glaubst du?«

»Dass es ihn gibt und nicht gibt. Darin liegt seine Größe.«

Durch die Schwangerschaft war meine Mutter immer behäbiger geworden. Obwohl es noch Monate dauern sollte, bis mein Bruder zur Welt kam, hatte sie schon tüchtig zugenommen. An ihrer Seite sah Victoria aus wie eine Bohnenstange mit Wuschelkopf. Und wo sie auch hinkamen, bestellten die Leute Kuchen bei ihnen, weil alle bei ihrem Anblick sofort an Orangen-Vanille- oder Schoko-Mandel-Torte denken mussten.

»Wir sollten das Geschäft woanders aufmachen«, sagte Rivka.

»Geschäfte führen ist nichts für mich. Meine Familie reicht mir.«

»Zoila könnte das doch übernehmen. Du siehst ja, wie gut Blanca das mit den Knöpfen hinbekommt.«

»Wenn Zoila mein Haus verlässt, gehe ich auch«, sagte meine Mutter.

»Aber wir kommen bei den ganzen Bestellungen mit dem Backen nicht nach.«

»Dann kommen wir eben nicht nach«, sagte meine Mutter, und damit war das Gespräch beendet. Die Torten würden weiter hausgemacht bleiben, und wer sie essen wollte, musste eben warten. In den Briefen, die meine Mutter an meine Großmutter schrieb, erwähnte sie nie etwas davon, dass sie Torten buk. Damit hätte sie meiner Großmutter nur neuen Zündstoff geliefert. Zu ihrer Ansicht, dass mein Vater einer sinnlosen Arbeit nachginge, käme hinzu, dass er uns versklavte, um weiter an seinen Erfindungen herumbasteln zu können. Das mit den Torten wurde also auch verschwiegen.

»Und dein Mann, wie geht es dem so?«, fragte sie Rivka. Die Frau errötete. »Hat er dir gesagt, ob du hübsch aussiehst in deinem neuen Pyjama?« Rivka machte ein Gesicht wie ein kleines Mädchen, das man bei etwas ertappt hatte.

42

Dass Rivka schwanger war, erfuhren wir von Doktor Schmulson. Chaims Frau hatte nichts gesagt, weil sie Angst hatte. Sie befürchtete, mein Onkel könnte nur seine Pflicht erfüllt haben. Dann wäre da kein Schweigen mehr, sondern viele Worte, und mit ihnen der Schmerz, denn das mit Mindele lag spürbar in der Luft.

Doch als Chaim es erfuhr – wir saßen alle in einem Restaurant, in das uns die Witwe eingeladen hatte, auch Pinkas war also dabei –, hielt er im Kauen inne und fing an zu weinen. Dann umarmte er seine Frau und sagte zu uns: »Jetzt bin ich nicht mehr alt.«

Und als er das gesagt hatte, fasste sich Doktor Schmulsons Frau, die immer voller Abscheu auf meinen Onkel herabgesehen hatte, an die Brust und weinte auch.

»Ich liebe dich, Chaim«, kreischte sie fast.

»Du liebst ihn?«, fragten wir Kinder im Chor.

»Sehr schön, wenigstens liebt meine Frau irgendwen«, sagte Doktor Schmulson und schnitt das Stück Fleisch durch, das er gerade hatte essen wollen. Er hatte es schon zum Mund geführt, doch es kam ihm zu groß vor.

»Ich liebe ihn auch«, sagte Victoria.

»Ich auch«, bemerkte Mindele und stand auf. Dann gab sie meinem Onkel einen Kuss. Rivka legte meiner Mutter den Kopf auf die Schulter und sagte: »Ich glaube, jetzt werde ich glücklich sein.«

»Sie glaubt es nur«, sagte Pinkas. An dem Tag trug er keine Blume im Knopfloch, sondern hatte einen kleinen schwarzen Stein bei sich. Angeblich hatte er ihn auf der Straße gefunden und mitgenommen, weil er ihm gefallen hatte.

»Er wird doch nicht aus dem Krieg sein?«, scherzte Victoria.

»Ich weiß nicht, von welchem Krieg du sprichst, meine Liebe. Es hat nie Krieg gegeben.«

Mein Onkel wurde an diesem Tag also von allen Frauen geliebt, und das war die Liebe ganz nach dem Geschmack meiner Mutter: alle Frauen stehen auf und legen ihr Herz einem Mann zu Füßen, der seine Frau geschwängert hat. Und dieser Mann weint.

Davon würde sie der Großmutter schreiben, auch wenn sie wusste, dass diese sich über uns und unser Leben mit solchen kleinen Lichtblicken nur lustig machen würde. Natürlich erzählten meine Tanten meiner Mutter, wenn sie ihr schrieben, dass die Großmutter ihre Briefe immer noch einmal las und schließlich ausrief: »Wer weiß, was dieser Familie noch zustößt, ich kann nur hoffen, dass ich dann noch für sie da bin!« Das war ihre Art, auszudrücken, dass sie uns liebte.

»Soll ich den Pyjama weiter anziehen?«, fragte Rivka meine Mutter.

»Bis er dir nicht mehr passt«, sagte meine Mutter.

»Du könntest ihn mir schenken«, sagte Victoria.

»Das war nicht für deine Ohren bestimmt«, sagte meine Mutter, doch ihre Augen glänzten vor Freude. Wenn sie erst meine Schwester verheiraten würde, dann schiene jeden Tag die Sonne und der Weizen wäre gülden, wie sie immer sagte. Und an solchen Tagen, an denen von Schwangerschaften die Rede war und von geliebten Männern, stellte sie sich vor, dass sie Victoria verheiratete.

Bei dieser Zusammenkunft kündigte außerdem Großonkel Pinkas an, dass er in einer Woche die Stadt verlassen wolle. Und bat darum, dass sich niemand von ihm verabschieden oder auch nur an ihn erinnern solle.

»Aber das geht doch gar nicht, wir haben dich gesehen, also werden wir uns auch an dich erinnern, wenn du nicht mehr da bist«, sagte Victoria.

»Ich könnte eine Halluzination sein, etwas, das ihr nur erfunden habt.«

»Wir könnten auch nur eine Halluzination von dir sein, also existieren wir genauso wenig wie du.« Victoria war nicht leicht beizukommen.

»Bist du krank?«, fragte meine Mutter.

»Im Gegenteil, es geht mir sehr gut. Ich muss nur in eine andere Stadt und andere Gesichter sehen. Wenn ich mich nicht bewege, werden meine Knochen spröde.« Pinkas hörte sich an wie ein Theaterschauspieler.

»Gib uns wenigstens eine Adresse. Vielleicht schreibe ich dir.« Meine Mutter warf ihm auf gut Glück eine Karte hin.

»Das könnte ich tun, Rose, meine kleine Rose.«

»Wovon lebst du eigentlich?«, fragte Victoria. »Nie geht dir das Geld aus.« Großonkel Pinkas befühlte seinen schwarzen Stein.

»Ich nehme an, dass es mir jemand schenkt. Jeden Morgen finde ich Geldscheine unter der Tür.«

»Lügner«, sagte meine Schwester Marta.

»Du bist im Krieg zu Geld gekommen«, murmelte Victoria, und der Großonkel nahm sie an den Schultern, sah ihr direkt in die Augen und fragte: »Wie soll man denn in einem Krieg reich werden? Im Krieg ist alles schrecklich und Geld erst recht.«

»Aber es geht dir nie aus«, stammelte Victoria, die nicht anders konnte, als auf der Sache mit dem Krieg zu bestehen.

»Sagen wir, ich kann zaubern«, sagte Großonkel Pinkas und lächelte. Meine Mutter entrüstete sich nicht über die Fragen meiner Schwester, weil sie auch ihr im Kopf herumspukten. Über den Krieg wurde viel erzählt und mehr noch über die, die ihn überlebt hatten. Und mein Onkel hatte ihn überlebt. Auch wenn er sich um das Thema drückte, er musste im Krieg irgendetwas gemacht haben.

»Sag, was hast du im Krieg gemacht?« Für diese Frage nahm meine Mutter ihren ganzen Mut zusammen.

»Ich habe an dich gedacht, Rose, meine kleine Rose«, sagte Pinkas.

Zwei Tage später erschien Samuel Echeverri mit zwei neuen Uhren für meinen Vater.

»Ich brauche sie nicht mehr«, sagte dieser. An jenem Tag hatte er meiner Tante Lia einen sehr langen Brief geschrieben. Wir haben nie erfahren, was darin stand. Vielleicht, dass er Uhren auseinandernahm und wieder zusammensetzte.

43

Am tag vor seiner Abreise rief mein Großonkel meine Mutter an und sagte ihr, er müsse im Hotel mit ihr sprechen.

»Aber komm doch wenigstens an deinem letzten Tag zu uns zum Essen«, sagte meine Mutter zu ihm.

»Das kann ich nicht, Rose, meine kleine Rose. Du wirst nicht mehr sehr begeistert von mir sein.« Es klang sehr ernst. Also ging meine Mutter zum Hotel, und Pinkas sagte ihr, dass er Mindele mitnehme, nicht als Ehefrau oder Begleiterin, sondern wie eine Blume, die man hegen müsse.

»Warum sagst du mir das?«

»Weil du Chaim sagen musst, dass Mindele ihn ewig lieben wird und dass ich die Liebe zwischen ihr und deinem Bruder hegen werde. Und weil du schweigen wirst, damit diese Liebe fortleben kann.«

»Ich werde Rivka nicht mehr in die Augen sehen können.«

»Sie weiß von dieser Liebe. Ah, wolltest du nicht eine Adresse? Hier. Dorthin kannst du mir schreiben.« Es war eine Adresse in Belgien, in Leuven, in der Brusselestraat 19, zweiter Stock rechts. Auch diese Briefe meiner Mutter würden also den Ozean überqueren.

»Da wirst du sein?«

»Bitte stell keine Fragen. Wenn du mir schreiben willst, schreib an diese Adresse. Rose, meine kleine Rose.«

Dies war das einzige Geheimnis, das meine Mutter bewahrte, bis sie schon sehr alt war.

»Ich habe ihm oft geschrieben und er hat mir immer geantwortet. Nach seinem Tod hat mir Mindele geantwortet. Sie schreibt mir immer, dass sie sehr glücklich mit dir ist, Chaim«, sagte meine Mutter und zeigte uns die Briefe. Es waren nicht viele, vielleicht zwei oder drei pro Jahr, aber sie waren sorgfältig verschnürt.

Zu der Zeit waren mein Vater und meine Großmutter und auch die Witwe schon tot. Meine Schwestern waren verheiratet, und mein Onkel Chaim war dick geworden und hustete heftig. Doch er war noch immer bei guter Laune und erfand Geschichten, auch wenn sich die Schauplätze inzwischen wiederholten oder er sich widersprach. Wir ließen uns nichts anmerken. Er hatte große Angst davor, sein Erinnerungsvermögen zu verlieren. »Ich verstehe nicht, wie Pinkas die ganze Zeit im Vergessen leben konnte«, sagte er zu uns, und meine Mutter lächelte ihn an. Auf diese Weise sagte sie ihm, dass er sich irrte. Sie wusste, Pinkas hatte seine Erinnerungen nicht vergessen, sondern nur zuerst tüchtig durcheinandergeworfen und zusammengepresst, damit sie, wenn er sie losließ, wie etwas anderes aussahen.

Über die Zeit und mit Hilfe der wenigen Briefe hatte meine Mutter ein Bild von Großonkel Pinkas entworfen, das ihr das Herz erwärmte, wenn sie traurig war oder an meinen Vater dachte. Wenn sie sehr traurig war, rief sie Zoila, damit sie ihr von der Indiofrau erzählte. Sie verkaufte immer noch Knöpfe und rief jeden Abend bei Rivka an, um ihr den Kassenstand durchzugeben.

»Es würde reichen, wenn du mich einmal pro Woche anrufst.«

»Das traue ich mich nicht, die Leute sterben so leicht.«

Chaim hatte zwei Kinder mit Rivka und die Buchhandlung dreimal erweitert, womit sie zu einer bedeutenden Buchhandlung wurde. Seinen Schreibtisch neben dem Schaufenster behielt er. Und manchmal blieb er bis spät abends, um zuzusehen, wie die Leute die ausgestellten Bücher betrachteten. Vielleicht käme ja einmal Reuvén Toledo vorbei. Doch das passierte nie. Wir hörten nie wieder etwas von Mindeles Mann. Von ihm blieben nur eine Zeichnung und ein Satz im Heft meines Vaters: »Er ist wie diese Schraubenmutter!« Die Zeichnung stellte eine Mutter mit zu vielen Kanten dar. Als ich sie sah, kam mir der Gedanke, wie verrückt es wäre, einen Schraubenschlüssel für diese Mutter zu machen.

»Bist *du* glücklich mit Mindele?«, fragte Victoria Chaim. Meine Schwester hatte sich sehr verändert. Sie war unglücklich verheiratet und verbrachte mehr Zeit mit meiner Mutter als bei sich zu Hause. Manchmal traf sie sich mit Samuel Echeverri, um einen Kaffee mit Likör zu trinken und sich mit ihm zu unterhalten. Manchmal unterhielten sie sich auch nicht, sondern sahen einander nur an.

»Ich weiß nicht, sie ist alt geworden und führt Selbstgespräche«, antwortete Chaim.

»Woher weißt du das?«, fragte ich.

»Er macht sich über uns lustig«, sagte meine Mutter.

»Und Pinkas, was hat er wohl im Krieg gemacht?«, fragte Victoria. Es war seit Jahren das erste Mal, dass sie diese Frage stellte.

»Nichts, jeden Tag vergessen, der vorbei war«, sagte meine Mutter. Victoria steckte sich eine Zigarette an. Sie wusste, dass meine Mutter ihm in ihren Briefen dieselbe Frage gestellt hatte.
»Wie die Tanten das machen, deswegen werden sie auch so alt«, sagte mein jüngster Bruder José. Er war klein, hatte eine Halbglatze und einen sorgfältig gestutzten Schnurrbart. Und er war der Einzige in der Familie, der mehrmals meine Tante Lia besucht hatte. »Diese Frau blüht immer mehr auf«, hatte er uns nach seinem letzten Besuch bei ihr erzählt. Sie hatten zusammen in der Küche gesessen. Im Winter, der in London sehr trist ist. In dieser Küche war natürlich das genaue Gegenteil der Fall. Es ist gut, sagen zu können, dass José als Erster von uns Geschwistern richtig tanzen gelernt hat, womit Victorias Theorie über den fehlenden Muskel widerlegt wäre. Auch ist er der Einzige, der jeden Samstag und an Feiertagen in die Synagoge geht.

Worterklärungen und Anmerkungen

Aschkenas: Das hebräische Wort für Deutschland bzw. den deutschsprachigen Raum. Daher Aschkenasim (Aschkenasen): die im frühen Mittelalter in Mitteleuropa lebenden Juden, die später nach Osteuropa auswanderten bzw. vor Verfolgung dorthin flohen und ihre Sprache, Jiddisch oder Judeo-Deutsch, mitnahmen und weiterentwickelten.

Asmodäus: Böser Dämon aus der jüdisch-christlichen Mythologie; nach dem Talmud Fürst der Dämonen, der die Verheiratung der Sarah verhindert haben soll.

Astaroth: Dämon aus der jüdisch-christlichen Mythologie, männliche Form der babylonischen Fruchtbarkeits- und Kriegsgöttin Ishtar.

Bima: Erhöhtes Vorlesepult in der Mitte oder an der Ostseite der Synagoge, von dem aus die Thora gelesen wird.

Chanukka (»Einweihung«): Acht Tage währendes Lichterfest (November/Dezember), das die Wiedereinweihung des Zweiten Tempels (164 v. Chr.) feiert.

Chewra Kadischa: Beerdigungsbrüderschaft, die in der jüdischen Gemeinde die Bestattungszeremonie vollzieht.

Djellaba: Mantelartiges langes Gewand mit Kapuze und Ärmeln.

Gefilte Fisch: Traditionelle Speise am Sabbat oder an Festtagen (Fischklöße aus Karpfengehacktem).

Jom Kippur: Versöhnungstag. Heiligster jüdischer Feiertag (September/Oktober). Die Menschen müssen sich vor Jom Kippur mit ihren Mitmenschen versöhnt haben, sonst erhalten sie keine Vergebung vor Gott.

Kaddisch: Eines der wichtigsten Gebete im Judentum: Glaubensbekenntnis und Lobpreisung Gottes, im Gottesdienst und von Trauernden gebetet.

Kol Nidre (»Alle Gelübde«): Gebet, das als feierlicher Auftakt zu Jom Kippur, dem Versöhnungstag, gebetet bzw. gesungen wird, daher »Kol-Nidre-Abend«. Mit dem »Engel vom Kol-Nidre-Abend« ist der Engel Gottes gemeint, der zu Kol Nidre alle Gelübde auflöst, die die Menschen während des letzten Jahres abgelegt haben, damit er sie in das Buch des Lebens einschreiben kann.

Ladino: Die Sprache der Sepharden, auch Judeo-Español oder Spaniolisch genannt; ein altertümliches Kastilisch, das schon zu Zeiten der Vertreibung, 1492, nicht der damals in Spanien üblichen Hochsprache entsprach. (Ein Beispiel: Kaleja, span. *Calle,* heißt Straße.)

Ma Nischtana (»Was unterscheidet«): Frage, die die Kinder beim Sederessen stellen: »Was unterscheidet diesen Abend von allen anderen Abenden?«

Masal Tov: Viel Glück!, Glückwunsch!

Menora: (»Leuchter«) Siebenarmiger Kerzenleuchter, symbolisiert Erleuchtung und die Weisheit Gottes.

Mikwe: Rituelles Tauchbad in jüdischen Gemeinden.

Moses Maimonides: Bedeutender jüdischer Philosoph und Arzt des Mittelalters.

Moses Rabinu: »Moses, unser Lehrer«

Omer-Zählen (»Garben«-Zählen): Rituelles Zählen (zu Hause und/oder bei der Abendandacht) der 49 Tage von Pessach bis Schawuot, dem Wochenfest.

Paria: Von der menschlichen Gesellschaft Ausgestoßener.

Pessach (»Vorüberschreiten«): Frühlingsfest (März/April), zentrales Fest des Judentums, feiert die Wiedergeburt der Natur und den Auszug der Israeliten aus Ägypten.

Schawuot (»Wochen«): Wochenfest, sieben Wochen nach Pessach, feiert die Offenbarung der zehn Gebote am Berg Sinai.

Schema Israel (»Höre Israel«): Glaubensbekenntnis, benannt nach seinen ersten beiden Worten.

Seder (»Ordnung«): Vorabend des Pessachfestes, an dem ein feierliches, ritualisiertes Essen stattfindet.

Sefarad: Das hebräische Wort für Spanien; daher *Sefardim* (Sepharden): die Juden spanischer oder portugiesischer Abstammung, die sich nach ihrer Vertreibung aus Spanien 1492 (aus Portugal etwas später) im ganzen Mittelmeerraum (insbesondere Nordafrika, Rhodos, Saloniki, Türkei), an der Schwarzmeerküste und auf dem Balkan niedergelassen haben und auch nach Frankreich, Holland, England gelangt sind.

Scheker: Lüge, Betrug.

Schin: Vorletzter Buchstabe des hebräischen Alphabets, auf Medaillons oder Talismane eingeprägt für das Wort Schadai, der Allmächtige.

Schofar: Rituelles Musikinstrument aus Widderhorn, das an wichtigen Feiertagen geblasen wird.

Tallit Katan: Kleiner Gebetsmantel aus einem viereckigen Stück Stoff.

Tanach: Steht für die Heilige Schrift, gebildet aus den Buchstaben T für Tora (Weisung), N für Newiim (Propheten) und K für Ketuwim (Schriften).

Das Tohu und das Bohu: Aus dem 1. Buch Mose 1, 2 (Genesis). Übersetzung nach Luther: Wüste und Leere. Nach Buber: Irrsal und Wirrsal.

Zarzuela: Spanische Operette, deren Musik meist aus Volksliedern oder populären Schlagern besteht.

Zizith: Quasten am Gebetsmantel, die nach der Thora zur Erinnerung an die Zehn Gebote vorgeschrieben sind.

Lateinamerikanische Belletristik
im Rotpunktverlag

Memo Anjel

Das meschuggene Jahr

Roman

Aus dem Spanischen von Erich Hackl
und Peter Schultze-Kraft
200 Seiten, gebunden, 2005
Fr. 32.–, Euro 19,50
ISBN 978-3-85869-290-0

Aus der Perspektive eines 13-jährigen Jungen erleben wir die täglichen Glücksmomente und häuslichen Katastrophen einer sephardischen Familie in Kolumbien.

»Memo Anjel beherrscht die Kunst, den Leser so einzubeziehen, dass er zum Mitglied dieser Familie wird.«

Hanne Kulessa, Hessischer Rundfunk